Ce
Gift

TUE-LES,
A CHAQUE FOIS

Salut Kenko

Encore un roman où
Marseille est la toile de fond.
Tu verras, il apparaîtra
un inspecteur d'un genre
particulier, pas du genre Fabio
Montale. Enfin tu verras.
J'espère que ce livre t'amusera
autant que moi.

Je vous embrasse tous.
Bonne et heureuse année, mes
meilleurs vœux vous accompagnent

Fabrice

DANS LA MÊME COLLECTION

DU MÊME AUTEUR

Trois jours d'engatse (Fleuve Noir, 1995).

Filet garni (Fleuve Noir, 1996).

Le petit lexique de ma belle Provence que j'aime
écrit en collaboration avec Jean-Pierre Cassely
(Editions Jeanne Laffitte, 1996).

Pet de mouche et la princesse du désert
(Fleuve Noir, 1997).

Allons au fond de l'apathie. Le Poulpe.
(Baleine, 1998)

Graine de courge (Florent-Massot, 1998).

Le successeur (Florent-Massot, 1999).

PHILIPPE CARRESE

TUE-LES,
A CHAQUE FOIS

FLEUVE NOIR

© 1999, Éditions Fleuve Noir

ISBN 2-265-06541-2

Zorro, Zorro !
Soldat rusé qui fait sa loi...
Zorro, Zorro !
Vainqueur, tu l'es à chaque fois.

Lundi 22 septembre 1997, dix heures et demie.

Longtemps je me suis levé de bonne heure. Fracassé.
Sinistré. La tronche à l'envers.
C'est normal, je suis pas du matin.
Aujourd'hui, non. Je me suis réveillé à l'heure que j'ai voulu.
Tard.
Fini les contraintes à la con.
Terminé les horaires qui t'estramassent, les patrons qui t'engatsent, les clients qui t'harassent. Con de t'harasse.
Note que c'est plutôt un concours de circonstances. Si je m'étais pas fait lourder de ce putain de supermarché, tant, je me serais encore levé de bonne heure.
Eh ben aujourd'hui non.
Et non seulement la journée d'hier a été prolixique, mais la journée d'aujourd'hui s'annonce de flamme.

— Alors, ce mariage ?

— Le plus beau jour de ma vie, chef.

Le chef fait un signe discret à son adjoint.

— Après vous, Fabien.

Le jeune inspecteur enjambe le barreau supérieur de l'échelle en aluminium posée à même le lit asséché de l'Huveaune. Depuis la création de la station d'épuration, les puanteurs brunâtres de ce grand collecteur naturel ne traversent plus les ensembles résidentiels du boulevard Michelet. Les eaux usées de la deuxième ville de France font du tourisme, terminus les calanques. Du coup, le lit à sec de ce ruisseau nauséabond traverse les quartiers sud comme une tranchée militaire en attente de conflit armé.

— On a même vendu la jarretière de la mariée aux enchères américaines. C'était top.

— Je vous crois sur parole, Fabien.

Les échelons grincent sous le poids de l'inspecteur principal.

— Un coup de main, monsieur Ronaldi ?

Ronaldi décline l'offre de son adjoint d'un geste poli mais agacé. Il saute à son tour sur la terre craquelée où ses talons s'enfoncent mollement. L'orage de cette nuit n'a pas dû arranger le tableau. L'inspecteur principal Ronaldi contourne une flaque de boue où barbotent un chat carbonisé, une bombe de peinture cabossée et un enjoliveur de Lancia à moitié fondu. Le frétillant Fabien est déjà de l'autre côté du lit de la rivière, accroupi sur le cadavre régulièrement illuminé par le flash de son collègue de la police scientifique. Ronaldi rejoint l'attroupement d'un pas résigné. Sa grosse voix couvre la conversation en cours

entre son jeune adjoint, le substitut et un capitaine des
marins-pompiers.

— Ah, c'est lui ?

Ronaldi prend appui sur l'épaule de Fabien pour observer le corps. L'homme est allongé sur le dos, un trou relati-
vement propre dans la tempe gauche, l'autre partie du
visage déchirée par la sortie d'un projectile de gros calibre.

— Vous le connaissez, chef ?

— Il tient... enfin il tenait un bar avec des serveuses les
nichons à l'air sur le troisième Prado. Un apprenti proxo.
Un connard. Bon débarras. Je vous attends à la voiture,
Fabien.

Sur ces paroles définitives et sans un regard pour le
représentant des instances judiciaires, l'inspecteur principal
Ronaldi tourne les talons et rejoint l'échelle branlante qui
remonte vers le chantier du nouveau stade vélodrome.
Avant d'entamer une pénible remontée, Antoine Ronaldi
montre la flaque de gadoue qu'il vient d'éviter de justesse.

— Fabien, vérifiez mais je pense que les tags sur la poitrine du maquereau ont été commis avec ça.

Le jeune lieutenant de police s'approche de la flaque,
circonspect. Le capitaine Ronaldi précise :

— Je ne vous parle pas du chat, Fabien. Il devait être là
depuis longtemps, le chat. Faites juste contrôler s'il n'y a
pas d'empreintes suspectes sur la bombe de peinture rouge
fluo, là, à côté du chat.

Lundi 22 septembre 1997, midi.

La journée qui s'annonce sera prolixique
elle aussi.

Je me suis engueulé copieux avec la connasse du rez-de-chaussée, la grosse, celle
avec les quatre minots insupportables.
J'ai pas tout capté à ce qu'elle me repro-
chait à cause de ses deux bergers allemands. Ils ont aboyé sans arrêt pendant
qu'elle me déversait ses remarques à la
con sur son mari qui est veilleur de nuit,
qui donc travaille surtout la nuit et qui
supporte pas le bruit. Le bruit, ça le
réveille.

J'y ai rétorqué que la musique à fond la
caisse, c'est pas moi, c'est mon voisin du
dessus. C'est Bernard, le sourd-muet. Et
que la musique, elle est à fond la caisse
parce que justement il est sourd-muet. Et
que s'il est sourd, c'est parce qu'avant,
il a été batteur dans un groupe de trash
métal. Et que donc il écoute toujours du
trash métal parce que c'est ça, sa culture
à lui.

Bernard, il est sourd à cause du trash
métal. Muet, par contre, je sais pas pourquoi.

J'ai essayé de demander à la grosse connasse si ses chiens en furie ça lui

réveillait pas son coulaud de mari. Elle
m'a pas entendu. A cause des chiens.

Je lui ai montré mon majeur, bien haut.
Elle a hurlé « enculé ». Tellement fort que
ça a fait taire les clébards et réveillé
son mari. J'ai entendu la petite voix
endormie du veilleur de nuit qui demandait
à sa femme si elle l'avait appelé. Je me
suis tiré.

Ce matin, je me suis surtout occupé de
ma tenue de travail. J'y ai gambergé toute
la nuit.

Je vais essayer un costume « tendance »
noir moulant. Je me vois mal pratiquer mon
nouveau métier en blanc, ou en vert fluo.
Le noir, c'est discret, pas salissant. Et
puis, il y a des antécédents.

Des justiciers en noir, il y en a déjà
eu. Et des célèbres.

— Le buffet, c'était Castelmuro.

— Et alors ?

— Copieux et abondant. Mes beaux-parents ont voulu le top. Elle est fille unique, Vanessa. Alors pensez ! Pour la bouffe, elle a eu droit au top.

Engoncé dans son fauteuil à accoudoirs trop étroits pour son gabarit, Ronaldi dissèque le fax reçu des services de la police scientifique tout en dessinant mécaniquement des petites étoiles sur une feuille de brouillon jaunie. Les empreintes d'un vendeur d'accessoires pour bagnoles sur une bombe de peinture pour bagnoles, ça reste logique. Même si le vendeur en question est déjà connu pour des petites escroqueries, ça ne mérite pas une garde à vue. Affligé, l'inspecteur principal regarde du coin de l'œil son jeune collègue plongé dans les photos floues de son mariage.

— Sur celle-là, on voit bien le cousin Simon. Il n'a pas arrêté de faire l'imitateur toute la soirée.

Ronaldi cesse de griffonner ses petites étoiles maladroites et approuve en bougonnant :

— Votre cousin Simon a fait l'imitateur ? Ça devait être top !

— Je vous le fais pas dire, chef.

Le réjoui Fabien fait deux tas : un avec ses photos floues, un autre avec ses photos très floues.

— Dites-moi, chef, ce gars, Arakian, qu'on a retrouvé flingué dans l'Huveaune, vous le connaissiez d'où ?

Ronaldi pose le fax sur son bureau et incline un peu plus son fauteuil vers l'arrière. Les ressorts grincent, à la limite de la rupture. Ronaldi soupire :

— L'année passée. J'ai croisé cette ordure dans une

affaire jamais résolue de cassettes pédophiles. Je savais qu'il avait monté un bar à putes, l'Arménien.

Ronaldi fixe son regard sur deux souriants dobermans en quadrichromie qui ornent le calendrier mural offert par une société de gardiennage.

— Arménien, tête de chien !

— Vous dites quoi, chef ?

— C'est juste une vieille expression, tête de chien. A quelle heure il ouvre, le « topless fashion » ?

— Il ouvrira pas aujourd'hui. Fermé pour cause de deuil…

Tout en informant son supérieur, le jeune Fabien se décide enfin à faire un troisième tas avec ses photos très très floues.

— … Mais j'ai eu le frère de Gérard Arakian au téléphone. On a quand même rendez-vous avec ce gars dans son rade, à cinq heures. J'en profiterai pour repasser chez le photographe de Bonneveine. Il aura peut-être reçu les autres tirages.

— Comment il s'appelle ?

— Le photographe ?

— Mais non, le frère du proxo ?

— Ah ! Henri. Henri Arakian. Je croyais que vous me demandiez pour le photographe qui tire mes photos du mariage. Parce que des photos, nous autres, on en a fait trente-sept rouleaux. Et en plus, les parents de Vanessa ont pris un vrai photographe professionnel.

Ronaldi s'extirpe de son fauteuil. Ses bourrelets aux hanches restent un court moment coincés dans les accoudoirs.

— Un photographe professionnel ? Super, ça devait être top !

— On n'a pas encore les planches-contacts, mais…

Ronaldi soupire à nouveau.

— On devrait y aller, Fabien.

— Vous avez raison, chef.

Le bedonnant Antoine Ronaldi enfile sa veste, constatant amèrement qu'il n'arrive plus à la boutonner. Il cherche les clefs de sa R11 dans l'amoncellement de notes de service qui ont envahi son bureau en quelques heures et les retrouve sous un brouillon maculé d'étoiles mal finies.

— Ne m'appelez plus « chef », Fabien. On se croirait dans un de ces téléfilms américains à la con.

Son sémillant adjoint le précède dans l'interminable couloir verdâtre du troisième étage de l'Evêché.

— D'accord, chef. On va commencer par passer chez le gars photographe de Bonneveine. Parce que si ça s'éternise dans le bar avec le gars Arakian, après, il sera fermé, le photographe de Bonneveine.

Lundi 22 septembre 1997, deux heures de l'après-midi.

Après mon essai concluant d'hier soir, j'ai voulu raconter mes exploits de justicier à mes deux copains, Superman et Hulk.

J'ai passé vingt minutes au téléphone avec le père de Superman.

Pour rien.

Superman n'était pas là, mais son père a un défaut de langue et la conversation est toujours bordélique avec lui.

Hulk, par contre, je l'ai eu tout de suite. Il était chez moi dix minutes plus tard.

Notre conversation a été animée. Hulk prétextait que « je suis été un pipeau, une grosse bouche ». J'y ai dit de regarder demain à la rubrique des faits divers, si j'étais tant une grosse bouche que ça.

Hulk a fait sa roulade, prétextant qu'il serait lui aussi dans le journal, et pas plus tard que demain. Il s'est descendu trois canettes et m'a dit qu'on allait voir ce qu'on allait voir.

Je lui ai rétorqué que pour un Hulk, il ne devenait pas assez vert. C'est vrai, quand il s'engatse, il tourne plutôt au rouge. On l'a bien vu, au supermarché, le jour où il a bastonné le pickpocket. C'est

même pour ça qu'on s'est fait virer, Hulk,
Superman et moi.

Il m'a juste conseillé «d'aller niquer
mes morts». Parce qu'il allait «de ce
pas» se mettre en colère, devenir tout
vert et renverser une bagnole sur l'autoroute, à côté. Pour faire pareil que
l'autre Hulk, le premier, le vrai, celui
de la série télé qui renverse les bagnoles
sur les autoroutes.

Il a effectivement viré au rouge,
énervé. Hulk est parti en claquant la
porte. C'est vraiment une grosse bouche.

Je vais m'occuper de mes fringues, je
descends en ville.

— Si vous préférez, je conduis, chef…
— Merci, Fabien, ça ira.

Ronaldi rétrograde en troisième. Son adjoint insiste :

— Non, parce que si je conduis, vous pourrez les voir plus tranquillement, mes photos de mariage !

Ronaldi ralentit en arrivant au carrefour de l'avenue des Goumiers. Il s'engage prudemment autour du rond-point, sous l'œil vigilant d'un collègue en uniforme déjà bien affairé avec un duo de radasses dans une Golf GTI noire. Avenue de Hambourg, un des contrôles radar les plus rentables de la ville. Les deux radasses y vont de leur sourire d'allumeuses désolées. Le CRS est intraitable. Ronaldi amorce un rictus de satisfaction : un incorruptible, enfin.

La plus décolorée des deux cagoles fait de grands gestes qui laissent entrevoir son décolleté plongeant à chaque mouvement de bras. L'autre blondasse transforme progressivement son gloussement bruyant en ricanement chevalin. Le CRS esquisse un coin de moue amusée et s'appuie sur la carrosserie des deux gourdes en roulant des mécaniques. Le CRS commence à brancher les deux filles, registre « beau ténébreux ». Ronaldi hausse les épaules : elles ont gagné, l'imbécile ! Il fait une drôle de moue qui interpelle le décontenancé Fabien.

— Qu'est-ce qu'y a ? Elles sont pas bien, mes photos de mariage ?

— Mais si, elles sont très bien. Ça fait deux fois que vous me les mettez sous le nez en trois minutes, Fabien !

— Ben c'est pour ça. Si vous voulez, je conduis à votre place. Comme ça, vous serez plus tranquille pour les regarder.

Ronaldi donne un coup de volant pour éviter un retraité

hypermétrope arrivant sur sa droite dans une vieille Simca
1 000. La pochette d'épreuves en couleurs (avec le liseré
d'encadrement blanc autour sans supplément, et un agrandissement gratuit au bout de dix négatifs) se répand sur le
tapis de sol et sous les sièges. Le frétillant Fabien jure :

— Zob !

Ronaldi affiche un sourire, soulagé. Il est tranquille pour
au moins cinq minutes, le temps d'arriver au rade des
frères Arakian.

Lundi 22 septembre 1997, cinq heures et quart.

Le hasard, ou la Providence.
Le cul, oui !
J'ai eu du cul. J'aurais pu attendre des années avant d'avoir une occasion comme celle-là.
Et c'est juste arrivé le jour de mon deuxième jour comme justicier.
J'avais fini mes courses (j'ai tout trouvé, le pantalon noir, la chemise noire, le blouson noir, les rangers noires, et même du tissu noir pour faire le bandeau pour les yeux). J'étais tranquille au comptoir du bar Pierre, à la préfecture. Je sirotais un demi, mes sacs de fringues posés à mes pieds, quand il est entré.
Ils sont entrés. Ils étaient trois mais lui je l'ai reconnu immédiatement. Le même que dans le journal, le sosie de sa photo.
Franky le Clown. A la dégaine, j'ai capté que les deux autres étaient des avocats. Ses avocats. Des avocats rudement balèzes. Et ce type était Franky le Clown. Un des deux caïds connus et reconnus de la pègre marseillaise. Une figure. Figure de seiche, oui !
Samedi matin, dans le canard, j'ai vu sa photo sur une demi-page. Il sortait du

palais de justice un grand sourire en travers de la gueule. Blanchi, libre comme
l'air.

Vice de procédure, relaxé.

Je me suis approché de sa table, en souriant. Pas la peine de l'agresser. Même si
ce type est une ordure, je me suis retenu.
J'ai prétexté un plan d'enfer. Le plus
curieux, c'est que Franky le Clown ne m'a
même pas envoyé chier. Hilare, le truand.
Je lui ai proposé un rendez-vous pour lui
refiler de la poudre, de la bonne. J'ai
trouvé ce prétexte au hasard, en improvi-
sant. Franky m'a regardé jusqu'au fond des
yeux. Un putain de regard. J'ai compris
pourquoi c'était un tueur. Et pourquoi
c'était le chef des tueurs. Mais j'ai pas
tiqué devant cette vermine.

J'ai rendez-vous ce soir devant
l'Escalette.

Le cul que j'ai eu. C'est peut-être la
Providence.

Elle va baliser, la vermine.

Topless. Malgré l'enseigne peinte prometteuse, l'intérieur du bar est sinistre.

Pas un nichon en vue. La seule femme présente dans l'établissement se tient debout derrière un petit brun mal rasé. A y regarder de près, il vaut mieux qu'elle reste habillée. La soixantaine bien tassée, ses habituelles valises sombres sous les yeux se sont transformées en malles de calèche. Le timbre de voix de la dame demeure ferme.

— Mon fils n'était pas un voyou, monsieur le commissaire. Ici, c'est une maison honnête.

Ronaldi jette un œil sur la décoration murale en paillettes roses et bleues. Son regard se promène sur l'exposition de tableaux d'amateurs en acrylique criarde d'une maladresse consternante, puis sur le zinc tapissé de *Bunny's* nues et sur le rétroprojecteur géant pour karaoké qui trône au bout de la salle principale, au-dessus d'une petite estrade. Le pétulant Fabien est fasciné par le tour de poitrine d'une grosse rouquine, une réclame pour de la bière scotchée au-dessus du bar. L'imposant inspecteur dévisage la mère éplorée, puis son dernier rejeton encore intact. Son verdict tombe.

— Pour moi, un établissement où les filles se trémoussent à poil pour faire consommer les clients, c'est un bouge.

— Je ne vous permets pas, monsieur le... Mais défends-toi, Henri. Dis quelque chose !

Le frère du défunt proxo fait une tentative pour sortir une phrase cohérente. Pénible. Quelques sons sortent néanmoins.

— Ho, le flic ! Ho ! Vous parlez meilleur à ma mère. Je suis pas un bouge... Ho !

Curieuse élocution. Pourtant, Henri Arakian n'a pas de fèves dans la bouche, pas d'appareil dentaire gênant. La terrible première impression de l'inspecteur principal Ronaldi semble se confirmer. C'est pas l'alcool, pas la dope. Ce type est un abruti. Un vrai. Un authentique con. Le jeune inspecteur Fabien Morel, sautillant, vient à la rescousse de l'abruti.

— Vous n'avez rien remarqué de suspect dans votre établissement, hier ou les jours précédents ?

— Rien du tout, le flic ! Rien du tout !

— Pas de rixes d'alcooliques ou…

— Y'a pas d'alcooliques, ici… Rien du tout, ho !

A son tour, la mère éplorée prête main-forte à son demeuré.

— Commissaire ! Les gens, ici, ils viennent pour s'amuser, pour faire le karaoké. Ils chantent. Ils rigolent. Ils repartent contents.

Ronaldi s'est éloigné vers un coin sombre de la pièce et lorgne dans les cendriers.

— Pas commissaire, inspecteur ! Ou capitaine si vous préférez, c'est à la mode. Mais pas commissaire… Et les filles ?

— Quelles filles ?

— Vous avez écrit « serveuses topless » sur la devanture. C'est quand même pas vos fils qui font les travelos ?

La mère Arakian explose.

— Je ne vous permets pas d'offenser la mémoire de mon…

— Alors où sont les filles ?

L'abruti semble se réveiller.

— Je lui ai donné… Non, je veux dire : je leur ai donné leur journée.

— Elles ne sont que deux pour tout le bistrot ? Votre enseigne frise la publicité mensongère. Je veux les voir demain à mon bureau, à neuf heures.

— Toutes les deux ?

— Ça pose problème ?

— Oui… Heu… Non.

— Vous avez d'autres employés dans ce bouge ?

La mère Arakian est furax.

— Cet établissement n'est pas un bouge, capitaine. Et à part les deux serveuses, mes fils en sont les seuls salariés.

Ronaldi soulève un cendrier et renverse son contenu de mégots froids sur le dallage en caoutchouc coloré.

— Et comme vos fils n'ont jamais touché une serpillière de leur vie, c'est vos deux esclaves aux seins nus qui s'y collent, je suppose. Les cocktails, le service, la vaisselle, le ménage, le french-cancan sur les tables et les pipes aux clients derrière le comptoir… Je vois le genre de la maison. Demain neuf heures à mon bureau. Elles y seront ?

L'attardé s'ébranle, prêt à sortir une connerie irréparable.

— C'est que Sandrine est…

Sa mère le coupe, glaciale.

— Elles y seront, monsieur le commiss… monsieur le capitaine.

Allègre, Ronaldi renverse un deuxième cendrier sur le sol crasseux sous le regard courroucé d'Henri l'abruti.

— Va falloir apprendre le maniement de la serpillière, tête de chien ! Tes putes risquent d'être absentes un certain temps.

Marseille, le 22 septembre.

Maman chérie,

Je t'écris ces quelques lignes entre deux rendez-vous pour m'excuser de ne pas pouvoir venir te voir, le week-end prochain. Mais mon parcours professionnel est en plein chamboulement. J'ai des réunions incontournables auxquelles je ne peux me soustraire. Je viendrai te voir la semaine prochaine. J'ai pris une grande décision. Mon avenir s'annonce brillant, je pense que tu seras très fière de moi. J'espère que les infirmiers sont toujours aussi serviables et gentils avec toi. Je pense à toi. Je t'embrasse.

Ton Patou.

Fabien a bloqué sur une photo floue et surexposée de sa pièce montée.

— C'est dommage, on ne voit pas les deux figurines, en haut des choux à la crème.

Ronaldi ne réagit pas. Le ventre calé sous son volant, l'inspecteur principal patiente. La Corniche est saturée depuis la Réserve jusqu'au pont de la Fausse Monnaie. Comme tous les jours à six heures.

Bordel complet dehors. Silence total dans la bagnole.

Plus de cinq secondes de silence. Insupportable pour le frétillant Fabien. Le jeune marié essaie d'alimenter les fantasmes de son chef.

— Vous avez vu les nichons de la fille au-dessus du bar, chef ?

— S'il vous plaît, Fabien, pas « chef ». On n'est pas dans *Navarro*. Pas « capitaine » non plus, c'est gonflant. Essayez « monsieur Ronaldi », ou « Antoine » si ça vous échappe.

Le trépignant Fabien détaille le profil gras de ce quinquagénaire ventripotent, son supérieur hiérarchique direct. Les fantasmes du gros doivent se situer ailleurs. Mais va savoir où ? Si c'est pas les gonzesses, c'est forcément les belles mécaniques. Une énorme Suzuki providentielle dépasse toute la file dans un vacarme d'enfer. Le motard et sa passagère ont les cheveux au vent, une caricature du jeune couple riche, beau et moderne.

— Vous avez vu le gros cube, chef ? C'est top, non ?

— Non.

— Ah, ça vous plaît pas, les deux-roues ?

— Je m'en branle, des deux-roues. Mais on n'a pas le

droit de dépasser une ligne continue, de rouler à 110 en ville et de rouler sans casque.

Enfin une réaction. Fabien est ravi. Il aimante le gyrophare bleu sur le toit, rabat son pare-soleil siglé « Police » et se penche pour activer la sirène deux tons. Ronaldi lui bloque le bras.

— Laissez tomber, Fabien.

— Je ne vous comprends pas, chef. Vous me faites un cabinet parce qu'ils sont en tort et on fait rien ? On est la police, merde !

— D'abord, on est le SRPJ ! On n'est pas des cowboys. Et le type sur la moto, c'est le fils du préfet avec sa nouvelle poule. Et sa nouvelle poule, c'est la seule héritière de la famille Zillberman, les armateurs… L'immunité complète. Ce jeune connard pourrait hacher menu une classe entière de maternelle sur un passage clouté, l'administration lui offrirait un nettoyage gratuit et une révision complète de sa moto par les garages assermentés de la préfecture. Avec en prime un tailleur Weinberg pour remplacer la robe tachée de sa passagère, un tombereau de roses livrées boulevard Rodocanachi et une lettre d'excuse du rectorat… Alors on fait rien.

Fabien oublie instantanément la grosse Suzuki. Il trouve enfin un cliché où on voit mieux la pièce montée, mais de plus loin.

— Là, c'est net mais on voit pas les figurines en haut des choux à la crème, c'est cadré trop large.

Ronaldi laisse tomber :

— Alors c'est pas top.

Lundi 22 septembre 1997, minuit trois.

La soirée a été très prolixique.
Pas comme prévu, mais prolixique quand même.
Le rendez-vous était à onze heures, sur l'esplanade en bord de mer devant le domaine de l'Escalette, sur la route vers Callelongue.
Cet endroit est sinistre. Entre les blockhaus aménagés en cabanons pour l'été, le petit port avec son resto fermé, les ruines de l'usine à plomb qui domine tout le site et le repaire de ferrailleurs louches qui l'occupent, bonsoir l'angoisse.
Des réverbères verdouilles et une lune pâlotte, les loupiotes de la corniche de l'autre côté de la rade, deux bateaux de pêche avec leur lamparo pendouillant, voilà pour l'ambiance lumineuse. Sombre.
Une carcasse de je sais pas quelle marque de voiture à un bout du terre-plein, un semi-remorque d'un autre siècle empégué d'une affiche pour un spectacle de cascadeurs à l'autre bout, ça laissait la place au milieu pour mon rencard. La Mercedes est arrivée à onze heures pétantes. Une Mercedes comme j'en ai jamais vu. Enorme mais coupée. Deux types en sont sortis. Enormes mais musclés.

Franky le Clown ? Que dalle ! Ce coulaud
a pas osé venir.

Il a dû sentir le piège, ou peut-être ma
détermination quand nos regards se sont
croisés, au bar. Ses deux hommes de main
se sont postés de part et d'autre de la
Mercedes. Une ou deux bagnoles sont passées en direction des Goudes, sans doute
des couples illégitimes s'en allant furer.

Le caïd des caïds absent ? Pas de pet !
J'allais pas laisser passer l'occasion.
J'ai attendu que le chauffeur aille demander du feu à son molosse d'associé.
Planqué derrière le tracteur du semi-
remorque, à un moment précis, je les ai
eus tous les deux à même pas quinze mètres
de moi, alignés.

Ma première balle a traversé le molosse
et a sans doute touché le chauffeur. Le
molosse s'est effondré, sa clope pas allu-
mée toujours collée entre ses lèvres. Le
chauffeur s'est retrouvé sur le cul, les
jambes coincées sous son copain.

Ma deuxième balle a tout raté. J'ai entendu un bruit de ferraille vers la carcasse abandonnée à l'autre bout de
l'esplanade. C'est quand même plus facile
sur les jeux vidéo. J'ai recentré mon tir
en tirant la langue. Ma troisième et ma
quatrième balle ont atteint leur but. Le
chauffeur a tressauté deux fois. Mais j'ai
pas dû atteindre des zones vitales.

Hurlant comme un ours, le type s'est
dégagé de dessous le cadavre de son copain
en sortant un flingue de gonzesse, tout

petit. Ma cinquième balle a de nouveau atteint le molosse déjà mort qui n'en avait plus besoin.

Je me suis approché alors que le chauffeur tentait un redressement hasardeux sur ses coudes. Ma sixième balle lui a arraché l'oreille gauche. De rage, il en a tiré deux coups en l'air. Je me suis appliqué et lui ai finalement mis un dernier plomb entre les deux yeux. Il s'est affalé dans les caillasses. Une bagnole qui revenait sur la route ne s'est même pas arrêtée. Le conducteur n'a peut-être rien vu.

Ma bombe rouge fluo à la main, je me suis dépêché d'aller taguer la poitrine des deux loustics encore chauds. Un V, comme victoire. Le même V qu'hier soir.

C'est un hasard. Ou alors c'est la Providence, que j'aie trouvé cette vieille bombe à peinture jetée dans l'Huveaune, à côté de mon premier cadavre, la nuit dernière. C'est ça qui m'a donné l'idée. Un justicier, il doit toujours montrer qu'il est passé par là. Le Fantôme marque les méchants avec sa chevalière, Zorro signe à la pointe de son épée. Moi, je vais faire moderne. Je tague.

J'ai laissé les deux gus crevés à côté de leur grosse bagnole et je suis revenu chez moi sur mon cyclo. L'air frais m'a fait du bien. Je suis heureux.

Ce soir, ça y est, la justice est en marche. C'est de flamme !

La Provence, *édition du mardi 23 septembre 1997.*
Rubrique des faits divers.

Faits d'hier :
Dramatique accident, hier après-midi, sur l'auto-route nord, à la hauteur du quartier Saint-Lazare. Un jeune homme a été fauché au milieu de la voix descendante dans le sens Aix-Marseille. Malgré tous ses efforts, Jérôme H., circulant à bord d'une Mégane, n'a pu éviter le jeune F.D. qui tentait de stopper les véhicules sur la voie médiane. Acte de désespoir ou conséquence tragique des effets de l'alcool, F.D., un vigile dont le taux d'alcoolémie n'a pas été révélé, venait d'être récemment licencié d'un hypermarché des quartiers nord pour violences sur un client.

La Provence, *édition du mardi 23 septembre 1997.*

Rubrique société. Marseille.
Fusillade dans la nuit sur la route des Goudes. Deux hommes connus des services de police ont trouvé la mort dans un guet-apens. Les deux corps criblés de balles ont été amenés à la morgue pour autopsie. Une nouvelle guerre des gangs ? A l'heure où nous mettons sous presse, il nous est difficile de nous prononcer. Ce double assassinat semble n'avoir aucun rapport direct avec la fin tragique de Gérard Arakian (voir l'article sur cette affaire, page 4).

La Provence, *édition du mardi 23 septembre 1997.*

Rubrique météo.
Beau temps sur l'ensemble du pays. Une matinée ensoleillée, quelques nuages d'altitude en soirée. Mer calme et temps clair sur toute la côte, de l'étang de Berre à la frontière italienne.

— Je vous ai apporté des dragées, chef ! J'ai pensé que ça vous ferait plaisir.

— C'est top, Fabien.

De plus en plus coincé dans son fauteuil, Ronaldi semble hypnotisé par les trombes d'eau qui inondent les tours de la cathédrale de la Major. Il se tourne et regarde son adjoint guilleret rentrer dans la pièce désertée. Le jeune marié sautillant dépose un sachet blanc enrubanné sur chacun des bureaux vides :

— Ça, c'est pour les copains quand ils rentreront…

Fabien revient lâcher son dernier petit paquet de dragées au milieu des paperasses de son supérieur. Il jubile.

— Demain, j'aurai les photos du photographe, celles du palais Longchamp avec les demoiselles d'honneur sur la pelouse. Je vous en donnerai une.

— C'est trop top, Fabien !

Un éclair illumine le fort Saint-Jean et la passe Sainte-Marie. Le coup de tonnerre est immédiat. Les vitres en tremblent. Ronaldi suit du regard l'enjoué Fabien qui s'installe derrière son bureau. L'inspecteur principal teste :

— Vous avez vu, cette nuit ?

— Le match à la télé ?

Mauvaise réponse. Après un court exercice respiratoire pour se maîtriser, Ronaldi arrive à rester zen et poursuit son bulletin d'information.

— Non, le carton aux Goudes. C'est la même signature que pour Arakian. Un V tagué en rouge fluo sur les deux cadavres. Mais je n'arrive pas à faire le lien entre la mort d'Arakian et les deux seconds couteaux flingués cette nuit.

Affairé derrière ses pochettes de photos, Fabien n'arrive

pas non plus à faire le lien entre les négatifs éparpillés et les tirages en désordre. Son chef marmonne :

— Enfin, c'est toujours ça ! Deux truands de moins, bon débarras. On ne va pas tarder à voir rappliquer le procureur Echkénazi sur cette affaire de…

Deux coups sourds à la porte font trembler la vitre armée opaque. Ronaldi redresse l'assise de son fauteuil et hurle :

— Entrez !

La gamine est terrorisée. Elle reste plantée sur le pas de la porte, trempée comme une soupe, ses cheveux décolorés collés sur le visage, sa robe mouillée plaquée à ses formes généreuses, ses papiers à la main.

— M'sieur Ronaldi capitain' ?

— Je suppose que vous êtes une des filles envoyées par la famille Arakian ?

Elle pleurniche.

— Mais c'est pas moi qui suis coupab', m'sieur Ronaldi capitain' ! Ch'te jur' sur la têt' à ma mèr' que c'est pas moi.

— Ne restez pas là ! Avec l'humidité, vous allez prendre racine. Entrez !

— Ch'vais pas t'aller en prison, hein ? m'sieur Ronaldi capitain' ? Ch'fais rien d'mal. J'ai pas couché. J'ai jamais couché. Juste j'ai montré un peu mais j'ai jamais couché. D't'façon, on n'a pas l'droit d'coucher, m'sieur. Gérard, y disait qu'on avait pas l'droit. On…

— Pour l'instant, je ne vous demande pas d'aller en prison. Je vous demande d'entrer dans cette pièce et de vous asseoir en face de moi. S'il vous plaît.

La gamine fait quelques pas hésitants, jetant un œil inquiet sur le jeune marié plongé dans ses rangements de photos. Ronaldi montre la chaise installée en face de lui.

— Je ne vous confie pas à mon adjoint. Il est plus jeune et sans doute plus séduisant que moi, mais comme vous le voyez, il est très occupé. A moins que vous ne souhaitiez un agrandissement sur papier mat de sa pièce montée ?

La gamine regarde les deux hommes, ébahie. Elle n'a pas compris un mot sur cinq. Elle s'assoit, tend ses papiers et se met à trembler. Ronaldi observe distraitement la carte d'identité de la demoiselle.

— Farida Zaroual, 17 ans ? Dites-moi, Farida, c'est l'héroïne ou simplement le froid ?

— Ch'suis gelée, m'sieur, heuuu, capitain', à cause que la pluie qu'il pleut. Comment i faut que ch'vous appel' ?

— Vous m'appelez comme vous voulez, mais surtout pas « chef ». On se croirait dans une série télé allemande. C'est gonflant. Vous ne deviez pas venir à deux ?

— A deux, capitain' ?

— Vous êtes bien deux serveuses à travailler chez les Arméniens ?

— Ah, mais Sandrin', el' s'est fait virer. Avant-hier soir' el' s'est fait virer. Mêm' que ça a failli charcler.

— Avec Gérard Arakian ?

— Ben, c'est Gérard qui l'a virée, Sandrin'. El' voulait plus fair' après minuit pas payée. Mais y a pas qu'ça, capitain'. Je crois… Enfin, Sandrin', elle est…

Farida éclate en sanglots. Ronaldi s'accoude sur son sous-main, perplexe. A l'autre bout de la pièce, l'énervé Fabien émet un court juron.

— Zob !

Farida sursaute, pétrifiée. Elle se mouche bruyamment, essayant de parler en même temps.

— Ch'vais aller en prison, c'est ça ? J'ai pas dit tout comme il fallait dire ?

Le consterné Fabien ouvre un tiroir, puis un autre, puis le dernier et les referme en les claquant violemment.

— Il me manque la prière à la Vierge.

Farida est tétanisée.

— On est musulman, nous aut', m'sieur ! Je la connais pas, la prière à la Vierg'. Je peux pas vous la dir' !

L'excédé Fabien se lève, en colère.

— Je m'en branle que vous êtes musulmans ou végétariens ! Vanessa non plus, elle ne la connaissait pas, la prière à la Vierge. Le nom de mes beaux-parents, c'est Choukroun…

Les mâchoires d'Antoine Ronaldi se resserrent, son double menton se met à trembler. Sans faire cas de cette réaction bizarre, l'irrité Fabien poursuit, hors de lui.

— Alors, pensez, Vanessa, une fille d'origine séfarade, pour réciter la prière à la Vierge ! On s'est mariés à l'église pour que ma famille à moi soit pas contrariée, pour faire plaisir aux ancêtres et il me manque justement toute la pellicule devant la statue de la Vierge, à l'église. Je vais aller voir dans la voiture.

Le frétillant Fabien claque la porte et s'éloigne dans le couloir d'un pas décidé. Ronaldi laisse la gamine reprendre son souffle.

— Ne vous mariez jamais, Farida. Vous voyez, ça rend con.

— C'est justement pour pas me marier que ch' travail' chez les Arakian. Mes parents, ils devaient me marier. De forc'. C'était tout arrangé. Avec le fils d'un ami à mon pèr'. Alors je m'ai tiré de Villeurban'. Si ils entend' parler de moi, ils vont me retrouver. Et alors, mon pèr', il m'égorg'.

— Où est cette Sandrine ?

— Elle habit' rue d'Aubagn', par là. Mais vous la trouv'rez pas. Elle a dit qu'el' reviendra jamais plus. Et que l'enfant, el' va le garder.

— Quel enfant ?

— Elle est enceint', m'sieur Ronaldi capitain' !

Secouée de spasmes violents, Farida s'effondre les bras croisés sur le bureau, éparpillant les notes de service entre la lampe et le clavier de l'ordinateur grisouille. Antoine Ronaldi reprend son souffle pour se calmer.

— Sandrine a-t-elle tué Gérard Arakian ?

— C'est impossib'. Impossib' ! Elle aurait pas pu !

L'épais inspecteur pousse de ses mains potelées une feuille blanche et un stylo vers la gamine.

— On en a vu d'autres, des crimes passionnels. Pouvez-vous m'orthographier le nom de famille de cette Sandrine sur cette feuille.

— Ch'sais pas écrir', m'sieur !

Ronaldi contemple un moment la créature perdue affalée sur sa table de travail, symbole vivant de tout ce que la connerie des humains s'apprête à générer sur les générations à venir : l'illettrisme, le ravage intégriste, les séquelles des abus de pouvoir et du harcèlement sexuel, l'horreur de la prostitution, la misère des chantages affectifs, l'inconséquence totale des marchands d'images de mode sur papier glacé. Le capitaine Ronaldi bascule son dossier et tourne son siège vers les cataractes qui inondent le parvis de la cathédrale. Sa grosse main potelée se remet à griffonner mécaniquement des petites étoiles sur la feuille de papier que Farida n'a pas touchée. A la première accalmie dans la crise de pleurs de la petite paumée, il conclut l'entretien :

— Casse-toi, connasse !

FR FRS0270 4 G 0232FRA / AFP-CP43
Divers – meurtre
Sanglant règlement de compte dans la banlieue est de Marseille.

MARSEILLE, 23 sept. (AFP) — Il était 10 h 45 quand les occupants d'une voiture de grosse cylindrée ont ouvert le feu sur le portail d'une villa du quartier de Saint-Barnabé (12ᵉ) avant de prendre la fuite une première fois.

Le propriétaire, Jean-Louis Reynard, accompagné d'un de ses lieutenants, Jean-Jacques Ayache, tous deux bien connus des services de police, sont accourus sur le seuil de cette discrète mais luxueuse résidence pour constater les dégâts causés par les impacts.

Au dire d'un voisin, témoin direct de la scène, la grosse berline serait repassée à une vitesse conséquente, fauchant les deux hommes de plusieurs rafales d'armes automatiques. Une fois stoppée, un exécuteur serait alors descendu et aurait achevé les deux hommes d'une balle dans la tête.

axt/ljh/df
AFP 231115 SEP 97

Lettre anonyme reçue aux rédactions des quotidiens régionaux La Provence *et* La Marseillaise, *au courrier du mardi 23 septembre 1997 :*

Les escrocs et les **truand** *peuvent*

TREMBLER.

La vrai justice *EST EN MARCHE.*

Plus rien *NE M'Arrêtera.*

V

Mardi 23 septembre, onze heures.

Je viens d'avoir Superman au téléphone.
Enfin !

Son père est toujours autant pénible à
écouter mais cette fois, il a fait court.

La première chose que j'y ai dite,
c'est : «Ma justice est en marche, c'est
parti, tronche de cake.»

Il n'a pas dû m'écouter, parce qu'il a
immédiatement embrayé sur ce pauvre Hulk.

«Tu te rends compte, Hulk s'est fait
exploser la gueule par une bagnole sur
l'autoroute nord.» J'y ai répondu que je
le savais. Hulk sortait de chez moi. J'ai
même entendu les bruits de freins, la col-
lision, les pompiers et tout le bataclan
qui a suivi.

J'ai bien fait remarquer à Superman que
Hulk était vraiment une grosse bouche. Pas
foutu de devenir vert, pas capable d'arrêter les voitures en marche et de les renverser.

Minable.

J'ai aiguillé la conversation sur mes
vrais exploits de vrai justicier. Y'a qu'à
lire le journal : le type du bar aux
nichons à l'air retrouvé explosé dans
l'Huveaune, les deux truands dégommés à

l'Escalette. Si ça c'est pas des preuves, putain !

Superman m'a répliqué qu'avec le Springfield .45 ACP que m'avait vendu Hulk, si j'arrivais pas à déquiller trois types à dix mètres, c'est que j'étais vraiment une brêle.

Je lui ai répondu que : « Mon vié, Superman. Montre-nous ce dont tu es capable, après on discute. »

J'ai rendez-vous chez lui, au Canet, dans une demi-heure. Après on discute.

Ministère de l'Intérieur
Relevé d'écoute téléphonique.
Autorisation n° 234 A 13 D 456
délivrée par le juge Tolosane.

relevé SOCOMEC
Ecoute effectuée au domicile de M. Di Giorgio
François, dit Franky le Clown
N° 04 91 45 90 98

Mardi 23 Sept 1997, 11h 34
3 sonneries.
Di Giorgio : Qu'est-ce que c'est ?

Correspondant : Franky ? Stef à l'appareil. Stef
la Méduse.

Di Giorgio : Tu as les boules, la Méduse ? Ça
sent mauvais, hein ? Tu es con de m'appeler sur
cette ligne. Aussi bien, on est écoutés.

Correspondant : Tant mieux si on est écoutés.
Au moins, comme ça, les condés, ils sauront... Raccroche pas, le Clown. Ecoute-moi.

Di Giorgio : Tu es mort de trouille, la Méduse ?

Correspondant : Je suis pas mort de trouille. Je
suis consterné, le Clown. C'est pas moi, hier soir,
aux Goudes. Je te jure que j'y suis pour rien.

Di Giorgio : Pourtant, ça te ressemblait bien, de
m'envoyer un gros con pour me fixer un rendez-
vous imbécile.

Correspondant : J'y suis pour rien, le Clown...

Merde. Arrête les cartons. Je sais pas si je vais pouvoir rattraper le coup pour Reynard et Ayache. Le frère d'Ayache est comme un fou. Il veut ta peau, le Clown.

Di Giorgio : Qu'il essaye, seulement, ce fils de pute. Tu as voulu mon royaume, tu t'es loupé, la Méduse.

Correspondant : J'y suis pour rien, Franky. On va arrêter les frais là…

Di Giorgio : Si tu y es vraiment pour rien, retrouve-moi au moins ma Mercedes, toi qui fais dans les bagnoles volées. C'est une connerie d'avoir volé ma bagnole et d'avoir laissé les deux cadavres sur place.

Correspondant : Mais c'est bien ce que je te dis, le Clown. C'est du travail de débile. C'est pas des pros qui ont fait ça. C'est pas des gars à moi.

Di Giorgio : On verra, la Méduse. Prouve-moi ta bonne foi, Stef. Mais j'ai aucune confiance. Ciao !

François Di Giorgio raccroche.

Mardi 23 septembre 1997, 11 h 36.

— Nom et adresse précise de cette Sandrine.

— Ho, le flic… Ho ! Sandrine, c'était une grosse conne.

Une nuit de repos ne l'a pas stimulé. Henri Arakian a toujours l'air aussi taré. Et il a toujours autant de mal à s'exprimer clairement. Avachi sur une chaise bancale, calé contre le comptoir à paillettes, le ventre bedonnant émergeant de son peignoir en soie usé jusqu'à la corde, les jambes écartées, il n'a même pas pensé à enlever ses charentaises fourrées pour accueillir les représentants de la force publique.

— Sandrine, on l'a virée. Elle travaille plus ici, le flic.

L'inspecteur principal Ronaldi reste concis.

— Nom et adresse précise de cette Sandrine.

— Ho, le flic… Tu m'as gonflé. Elle est partie, cette grosse conne.

— Tu veux que j'annonce moi-même à ta mère qu'elle va être grand-mère ?

Soufflé, Henri. Il en reste muet. C'est plutôt agréable, ce silence. Reposant. Ronaldi persiste.

— Dis-moi, tête de chien, c'est bien ta mère, la gérante du bordel ? C'est elle qui a les fiches de paye ? Je vais aller lui demander moi-même.

— Sandrine habite au 47 rue d'Aubagne, vers le domaine Ventre.

Ronaldi tapote l'épaule d'Henri Arakian, comme un chasseur flatte son épagneul.

— Bien ! Tu vois, quand tu t'appliques !

L'épais inspecteur s'apprête à laisser l'abruti au milieu de ses néons roses, de ses playmates scotchées sur les murs et de son expo de toiles d'amateurs à chier. Henri se lève aussi. Sa chaise bancale en profite pour se répandre par terre, entraînant un tabouret de bar en skaï bleu dans sa chute.

— Mon vié, cette chaise… Mais Sandrine, elle y est pas, à la rue d'Aubagne. J'y suis été pour changer les serrures. Sandrine, elle y est plus retournée depuis l'autre soir.

— Changer les serrures ?

— C'est ma mère, la proprio.

— Les employés sont nourris et logés, c'est top ! C'est cher, la location ?

— Je t'emmerde, le flic. On fait comme on veut.

Ronaldi retourne un cendrier plein en faisant une grimace dégoûtée. Les mégots s'éparpillent sur les dalles noires de crasse, à proximité de ceux échoués là la veille.

— La serpillière, Arakian ! Va falloir apprendre à manier la serpillière.

— Enculé, le flic !

— Tu disais quoi, Arakian ? Sandrine Ankulé ? C'est ça, le nom ?

— Aslan ! A.S.L.A.N.

Ronaldi serre les dents et fait une bizarre grimace dégoûtée. Il respire un grand coup, sort un petit carnet et note le nom en s'appliquant.

— Merci du tuyau, tête de chien. Et bonjour à mémé.

Mardi 23 septembre, une heure de l'après-midi.

Quel incapable, ce Superman.

C'est pas Superman. J'en étais sûr.

A peine arrivé chez lui, j'ai dit bonjour à son père, ça a pris dix bonnes minutes. Superman était là, suffisant, arrogant, ses deux écouteurs de walkman coincés dans ses oreilles. Vexé par ma réussite comme justicier, une tronche de six mètres de long. On est sortis sur le palier et on a pris l'ascenseur. Il a appuyé sur 12, pas sur RdC.

J'ai pas compris tout de suite. Superman m'a reluqué, genre « Je te méprise ! », toujours la musique à fond dans les tympans. Il devait pas m'entendre trop bien parce que je lui ai demandé quatre fois ce qu'il faisait du passage obligé dans la cabine téléphonique pour s'enfiler le costume avec la cape.

Finalement, il s'est enlevé ses oreillettes et m'a beuglé que la cabine téléphonique pour se changer, c'était un truc de vieux justicier. Que lui, justicier des temps modernes, ses Nike et son sweatshirt très très large, ça suffisait.

Une fois au dernier étage, Superman a débloqué la porte rouillée donnant sur la terrasse d'un simple coup de main. Là,

j'ai douté. C'est peut-être un vrai justicier pour de bon.

On a arpenté l'esplanade de graviers
tout autour des cheminées, puis on s'est
approché du bord. Une vue à couper le
souffle. Tout Marseille, et de tous les
côtés. Avec la fin de la pluie, on y
voyait vachement loin à l'horizontale. Le
Frioul, Planier, la Gineste au sud, le
massif de l'Etoile derrière, le port auto-
nome.

On y voyait aussi vachement loin à la
verticale. La station Total à l'angle de
la cité, le muret pour les containers de
poubelles, les trois malheureuses cagettes
de légumes sur le trottoir devant l'épicier arabe, en bas, les vieux sortant de
la petite mosquée, le 38 qui repartait
vers les Arnavaux, un camion de livraison
qui arrivait dans le boulevard Casanova.
J'ai même pas pu repérer mon cyclo garé le
long du mur de la station-service, tellement ça paraissait haut.

Superman m'a dévisagé, prétentieux, un
sourire arrogant en travers de la gueule.
Il a fait «fast forward» sur son walkman
et s'est calé sur la vraie musique du film
Superman. Il a chaussé ses lunettes noires
de cake, enfoncé ses écouteurs dans les
oreilles et mis le volume de sa cassette à
fond. Il a ri très fort et m'a dit :
«Maintenant, regarde bien, blaireau !»

Superman s'est mis à courir en rond
autour des cheminées. Le vent rentrait
dans son sweat-shirt trop ample. Je me
suis dit que c'était un peu léger, pour un

super-héros. Puis il a tourné autour de la construction en parpaings qui contient la machinerie de l'ascenseur et a filé droit devant. Il a pris appui sur la margelle de sécurité et s'est élancé dans les airs.

J'en suis resté sur le cul. C'était vraiment Superman.

Il a fait illusion pendant au moins cinq secondes.

Je me suis penché, agrippé à la rampe en béton. Superman avait les bras en croix, mais sa trajectoire était beaucoup plus abrupte que prévu. Vers le quatrième étage, il s'est retourné vers moi et m'a fait un bras d'honneur. Son père n'a pas dû le voir passer, on n'était pas sur la bonne façade. Il a quand même crié quelque chose entre le troisième et le premier étage. Superman a atterri pile sur le toit du camion de livraison garé devant l'épicier.

Ça a fait un raffut. Sous le choc, le camion a carrément explosé, laissant gicler des litres de lait de tous les côtés. Deux ou trois ménagères de moins de cinquante ans ont hurlé très fort. J'ai pas attendu trop longtemps avant de m'éclipser.

Dans l'histoire, le blaireau, c'était vraiment lui.

Je suis rentré à la maison. Je me prépare pour de nouvelles aventures.

— Alexandrie, Alexandra ! Dou da dou da dou da dou da dou da da da !

— Vous n'en connaissez pas une autre, Fabien ?

Les cheminées dégueulantes de fumées lourdes du site industriel Pechiney apparaissent sitôt passé le virage de la voie rapide. Gardanne, cité riante. Un bar, une pharmacie, un bar, une pharmacie... Des mineurs déprimés et des ouvriers pollués, une explication rationnelle au trou grandissant de la Sécu. L'agité nouveau marié tressaute sur son siège depuis Septèmes.

— Ah oui ! Y avait aussi : « Ça s'en va et ça revient, da di da di da di dom... »

Fabien chante faux. Tragique. Une explication rationnelle à l'échec permanent des interprètes français au concours de l'Eurovision. C'est culturel. Antoine Ronaldi est habitué. Résigné. Deux autres des lieutenants de son équipe chantent aussi comme des casseroles. Un est accro à Dick Rivers et l'autre est un fan d'opérette. Alors !...

— C'est vous qui avez l'adresse, Fabien.

Une main sur le volant, le jeune inspecteur fouille dans sa veste, tout en fredonnant inlassablement.

— Voilà. Je l'ai ! C'est David, le petit frère de Vanessa, qui a fait disc-jockey. C'était top ! On a dansé toute la nuit. Alexandrie, Alexandraaaaa...

Mauvaise stratégie. Ronaldi pensait qu'en confiant le volant à son adjoint, il échapperait au perpétuel refrain sur le mariage de samedi dernier. Ronaldi a échappé aux photos, pas au récapitulatif de la soirée de noces.

La Renault 11 s'engage sur le nouveau boulevard de contournement de la ville minière, une allée à quatre voies décorée en béton brut et déjà rougie par les scories de bauxite. La villa recherchée doit être après la sortie sud, à Biver, au pied des terrils.

— Alexandriiiie…

Arrivé aux premières habitations ouvrières, Ronaldi scrute les noms des rues. Maurice Thorez, Youri Gagarine et la rue de Stalingrad défilent allègrement.

— Alexandraaaa…

Excédé, l'épais quinquagénaire fait une nouvelle tentative tout en contournant Nelson Mandela.

— Fabien, vous savez que Claude François est mort depuis vingt ans ?

— Ouais, mais pour danser c'est bonnard. Et puis, y avait pas que les tubes de Claude François. Le petit David, pour les slows, il avait une compil' de Mike Brant. « C'est ma prièèèreu… »

— Alors ça devait être top. Vous savez qu'il est mort, lui aussi ?

— Qu'est-ce ça fout ? Le plus éclatant, ça a été quand même la danse des canards. Parce que même les anciens se sont mis à danser. « C'est la danse des canards, da di da di da di da. » On a dû se la faire au moins six fois de suite.

La voiture de service s'engage autour d'un second rond-point paysager à dominante rouge, sous le regard blasé d'un groupe de chômeurs de longue durée rivés à leur poste d'observation permanent, un banc en béton fêlé.

— Juste après la danse des canards, un vieil oncle de Vanessa a enchaîné a cappella sur « Hava Naguila Havaaaa Naguila Havaaaa… », vous savez, la chanson des colons israéliens… « Havaaa Naguila… »

— Arrêtez-moi là une minute, Fabien.

Ronaldi, livide, descend précipitamment de la Renault et s'engouffre dans la première boutique ouverte, un bar-tabac vieillot.

Une tristesse. Plantés devant le comptoir, deux vieux, les sosies de ceux assis sur le banc de béton dehors. Plantés derrière le comptoir, le patron qui sert ses deux clients

inamovibles d'un geste las et la patronne qui compte les
Tac-o-tac gagnants de la matinée en bougonnant. Ronaldi
exhibe sa carte tricolore pour mettre fin à toute supputa-
tion.

— Bonjour. Ronaldi, capitaine de police. J'ai deux services à vous demander.

La patronne bougonne un peu plus. Le patron montre la
bouteille de Casa qu'il tient à la main, un sourire d'hémi-
plégique en travers de sa gueule couperosée. Ronaldi fait
un geste poli de refus.

— Jamais d'alcool, merci. Un : où se trouve la traverse
Jean-Ferrat ? Et deux : pouvez-vous m'accorder une minute
de calme dans votre établissement ? J'ai besoin d'un
moment de repos.

La patronne bougonne un « Je vous en prie » agacé. Les
deux clients s'écartent du zinc pour laisser le flic essoufflé
respirer tranquille. Ronaldi a vraiment l'air à bout de nerfs.
Le patron range sa bouteille, bougonne un lymphatique :
« Jean-Ferrat, c'est le troisième cul-de-sac à gauche » et
allume la radio pour détendre l'atmosphère soudain
pesante. Un exaspérant son nasillard emplit le bar-tabac.

— … à l'écoute de Radio Monte-Carlo. Et tout de
suite, de la part d'Odette pour sa mimi chérie, de la part de
Stéphanie pour son canard en peluche qu'elle aime à la
folie et de la part de la cinquième techno du collège Arthur
Rimbaud pour Ficelle, en lui souhaitant une bonne conva-
lescence, on écoute Mike Brant.

Le capitaine de police se redresse, blême. Après la
courte intro musicale, la voix de Mike Brant envahit la
pièce : « C'est ma prièèèreuuuu… »

Ronaldi ferme les yeux, respire calmement en se bou-
chant le nez, et se précipite sur le comptoir. Il se saisit
d'une carafe en aluminium et se sert dans un verre poussiéreux. Le patron bougonne à son tour :

— Je vous en prie, faites comme chez vous.

Ronaldi fait comme chez lui. Il verse le contenu du petit

verre d'eau glacée sur sa tête, s'ébroue et fait lentement les quelques pas qui le séparent de la sortie.

— Merci pour tout.

Il sort en murmurant :

— Ça va aller. Merci !

La porte grince et claque. Les deux inamovibles reviennent se souder au comptoir. Le patron bougonne :

— Eh bé, on est beau ! Si c'est ça qui nous garde !

La patronne bougonne :

— Tu peux éteindre la radio, il est parti, le cinglé. Et Mike Brant, ça va vite nous gaver.

Ministère de l'Intérieur
Relevé d'écoute téléphonique.
Autorisation n° 234 A 13 D 456
délivrée par le juge Tolosane.

relevé SOCOMEC
Ecoute effectuée au domicile de M. Di Giorgio
François, dit Franky le Clown
N° 04 91 45 90 98

Mardi 23 septembre 1997, 12 h 23
1 sonnerie.

Di Giorgio : Oui ?

Correspondant : Stef la Méduse à l'appareil.

Di Giorgio : Je t'ai dit qu'on est écoutés, à tous
les coups. Appelle-moi sur le portable, connard.

Correspondant : J'aime autant avoir des
témoins, le Clown. La situation est trop grave. Tu
pourras plus crier au complot comme une vierge
effarouchée. La semaine dernière, tu as évité per-
pette de justesse. C'est un miracle. Si je tombe, tu
tombes avec moi cette fois…

François Di Giorgio raccroche.

Mardi 23 septembre 1997, 12 h 24

Ministère de l'Intérieur
Relevé d'écoute téléphonique.
Autorisation n° 234 A 13 D 456
délivrée par le juge Tolosane.

relevé SOCOMEC
Ecoute effectuée au domicile de M. Di Giorgio
François, dit Franky le Clown
N° 04 91 45 90 98

Mardi 23 septembre 1997, 12 h 24
3 sonneries.
Correspondant : C'est encore la Méduse à l'appareil. Tu t'es calmé ? Voilà. On a retrouvé ta bagnole. Deux bicots du Plan d'Aou la proposent à un de mes correspondants pour cinquante mille. Apparemment, ils l'ont taxée par hasard. Ils passaient sur la route des Goudes, tes deux hommes étaient froids et les clefs étaient sur le contact.
Di Giorgio : Et alors ? Ça prouve rien.
Correspondant : C'est pas moi qui ai rouvert les hostilités, le Clown. Tu m'as demandé de te prouver ma bonne foi, voilà ! J'ai retrouvé ta bagnole, je te propose même de la racheter pour toi…
Di Giorgio : Ça prouve rien quand même. Occupe-toi surtout de calmer le frère d'Ayache avant qu'il fasse une connerie. Attention, la Méduse, pas d'embrouille.
François Di Giorgio raccroche.

Mardi 23 septembre 1997, 12 h 25

La traverse est une impasse. La villa est une masure. La porte est fermée.

— Vous êtes sûr que c'est là, chef ?

— Fabien, vous lisez quoi, là, sur la sonnette ?

— Aslan ! A.S.L.A.N. Je suis d'accord mais aussi bien c'est peut-être une erreur. Ça arrive fréquemment. Sur notre faire-part de mariage, l'imprimeur s'était trompé. Il avait mis Fabien avec deux *b* et Vanessa avec un seul *s*. Ça faisait « Vanéza ». On lui a tout fait recommencer. Mais comme c'était un cousin des parents de mes…

— Qu'est-ce que c'est ?

La voix est venue du premier étage, à travers les volets décrépis. Pas vraiment masculine, pas le contraire non plus, mais d'une agressivité surprenante. Ronaldi porte la voix.

— Police.

— Vous venez pour Sandrine, c'est ça ? Cette salope a encore fait une connerie ?

— Nous aimerions nous entretenir avec Sandrine Aslan. Elle est là ?

Des bruits de pas qui descendent un escalier branlant en boitant, trois serrures grinçantes qu'on ouvre avec peine, un juron étouffé par le couinement des gonds, une silhouette préhistorique apparaît enfin en haut du perron.

— Bien sûr qu'elle est là ! La salope ! Chaque fois qu'elle fait une connerie, elle revient se planquer ici. Salope !

La drôle de bonne femme descend les deux marches qui mènent au portail bancal.

— Elle a fait quoi, cette fois ? Elle est pas sortie de sa chambre depuis avant-hier, cette salope.

Un tas crasseux, les cheveux gris sales emmêlés,

engoncée dans une blouse en nylon à fleurs vert pomme, une poitrine qui tombe très bas, des bottes de cow-boy bleu pétrole à franges, Mme Aslan a sans doute un œil de verre. Ronaldi n'arrive pas à déterminer lequel. Il montre sa carte, mécaniquement. Ça fait toujours son effet pour se faire ouvrir les portes les mieux fermées.

— Je suppose que vous êtes sa mère ? Son père est là ?

Le tas crasseux éclate d'un rire désespéré.

— Son père ? Ha, elle est belle, la police. Vous savez donc pas ? Eh ben, son père, il est mort ! De chagrin, dans sa cellule !

Le portail s'ouvre. Le tas crasseux fait signe aux deux hommes de suivre le guide.

— Cette salope ! C'est elle qui l'a fait foutre en tôle, son père ! Salope. Elle pouvait pas fermer sa gueule, non ? Elle l'a allumé, son père. Et après elle est allée porter plainte contre lui. Et maintenant je suis seule à me démer-der. Et dès qu'elle a un petit problème, vite elle vient se planquer sous les jupes de sa mère. Salope !

Le temps de décliner le curriculum vitæ élogieux de sa fille, la mère Aslan a accompagné les deux flics jusqu'au pas de la porte de la chambre, au fond d'un couloir sombre sous les combles. Le tas préhistorique décroche une clef tordue d'un clou tanqué sur le chambranle. Elle donne deux tours pour déverrouiller l'accès à la chambre de Sandrine.

Alors que le fasciné Fabien découvre un tableau poussiéreux en point de croix sur canevas accroché au mur, représentant Bambi et son copain le petit lapin dans la forêt des Vosges, Ronaldi pénètre le plus lentement possible dans la pièce sombre. Ça pue. Des relents de fosse septique et de bouffe pour chat. Sandrine est là, prostrée sur une chaise, le regard fixe vers le plancher vermoulu. Dans le couloir, le tas exulte.

— Tu fais plus ta fière, hein, salope ! Ils sont là, les condés, maintenant ! Ils vont t'embarquer au gnouf et…

Ronaldi enlève la clef de la serrure, fait un pas en arrière pour se retrouver à la hauteur du tas crasseux. Les mâchoires de l'inspecteur font un drôle de crissement, son triple menton se met à imiter la gelée anglaise. Il agrippe la blouse à fleurs vertes par le col, soulève la mère Aslan à vingt centimètres du sol et la plaque contre le mur. Violemment. Les cloisons en tremblent. Le tableau en point de croix perd son attache et tombe, au grand regret du jeune marié qui avait trouvé là une référence culturelle.

— Ecoute-moi bien, connasse ! Tu vas aller jeter cette clef le plus loin possible. La séquestration, c'est un délit. Ensuite tu dis plus jamais que c'est elle qui l'a allumé, ton Aslan de mari. J'ai vu suffisamment d'affaires de viols incestueux pour te décrire le portrait fidèle de ce salopard sans l'avoir jamais rencontré. Je les connais par cœur, ces ordures...

Ronaldi marque un temps d'arrêt, lâchant son interlocutrice qui se répand sur les lattes vermoulues du plancher. Il aura au moins résolu une première énigme : c'est l'œil gauche de la mère Aslan qui est en verre. L'inspecteur principal poursuit :

— ... Ensuite tu vas descendre dans ta cuisine, chercher une carafe d'eau et de quoi bouffer pour ta gamine, parce qu'une femme enceinte...

Le tas se relève et pousse un cri de stupéfaction. Ronaldi en profite pour la plaquer une deuxième fois contre le mur, aussi violemment que la première fois, afin de lui clouer le bec, et si possible lui faire mal.

— ... Je disais : une femme enceinte, ça doit boire et manger.

Il la lâche, elle s'écroule à nouveau sur le plancher, faisant fuir une famille de termites affolés. La répugnante Mme Aslan s'enfuit les bras au ciel en hurlant :

— La salope ! La salope !

Elle dégringole l'escalier et s'échappe dans la traviole en beuglant.

— La salope !...

Ronaldi, deux gouttes de sueur sur son front, croise le regard stupéfait de son adjoint. Il lui fait signe de rattraper et de surveiller cette hystérique. Le stupéfait Fabien pose à regret le tableau en point de croix sur une commode en formica rouge et exécute les ordres de son patron sans sourciller. Ronaldi entre à nouveau dans la chambre où Sandrine le dévisage sans aucune émotion.

— Sandrine Aslan ? Vous savez pourquoi on est là ?

La gamine garde les yeux braqués sur l'épais quinquagénaire. Elle a dû connaître dix vies successives d'expériences sordides. Cette fille est déjà vieille, mais pas encore usée. Un regard bleu sombre et profond, un visage parfaitement dessiné, des cheveux blonds cendrés coupés au carré, des traits fins, une impression de grande fragilité. Inutile de se la jouer « topless » pour faire tomber tous les hommes à ses pieds, la gamine a tous les atouts pour déclencher les accidents de voiture sur son passage et les coups de foudre immédiats. Et une petite voix douce et haut perchée.

— C'est pas moi. J'y étais. Mais c'est pas moi. C'est un cinglé ! Un gros adipeux, un peu votre gabarit, avec un flingue énorme.

— Pourquoi ?

Sandrine s'énerve sans hausser la voix.

— Si je le savais, pourquoi ! C'est un connard. Il est resté planté une heure au comptoir des Arakian, un air de sous-entendu, un sourcil froncé, acquiesçant de la tête à toutes les conversations autour de lui. Evidemment, cette grosse bouche n'a pas bronché quand Gérard a voulu me casser la tête…

Ronaldi est déstabilisé. Fasciné. Il arrive à lui couper la parole.

— Désolé mais… J'aimerais prendre votre déposition dans de meilleures conditions. Accepteriez-vous de venir avec nous à l'Evêché ? Nous y serions mieux que dans ce taudis.

Le capitaine de police judiciaire Antoine Ronaldi

observe avec dégoût les murs couverts de salpêtre. Dans le silence relatif, la voix de la mère hystérique leur parvient depuis le trottoir d'en face. Ronaldi jette un œil par la fenêtre où trois carreaux sur quatre ont été remplacés par du carton scotché. Le tas crasseux est planté en face de ce pauvre Fabien et désigne sa villa du doigt en hurlant.

— Salope ! C'est une salope ! Et c'est une pute !

Ronaldi essuie deux gouttes de sueur de plus sur son front et tends une main à Sandrine qui la refuse. Elle sort de son cachot, la tête haute, et marche devant lui dans le couloir, crachant sur la porte de la chambre de sa mère, au passage.

L'épais inspecteur laisse descendre l'escalier. Il attend d'être seul pour arracher les fils recouverts de coton tressé de l'installation électrique vétuste.

Mardi 23 septembre 1997, il est deux heures et quart.

Le trash métal, ça casse les couilles.

Des fois, elle a pas tord, la grosse du rez-de-chaussée.

Il y va fort, Bernard. C'est peut-être aussi un problème de répertoire. Il a eu sa période Nirvana, sa période NOFX. Maintenant, c'est Rancid. Des cinglés inaudibles. Je suis monté frapper à sa porte, ce qui ne servait absolument à rien, vu qu'il est sourd.

Je suis entré dans son capharnaüm. Des piles de journaux porno, des tas de chaînes hi-fi tombées du camion, un amoncellement de consoles de jeux vidéo, des caisses de bordeaux millésimé en provenance de Tunisie, deux cartons d'eau minérale à destination d'un labo de traitement d'héroïne dans la banlieue de Turin : le fonds de commerce de mon voisin est bigarré.

J'ai arraché la prise de sa chaîne stéréo, c'est seulement là qu'il a réalisé que quelqu'un était entré chez lui. Il s'est retourné et a tout de suite sorti un cran d'arrêt gigantesque de son blouson de cuir râpé qu'il porte jour et nuit, été comme hiver.

Je lui ai fait un geste d'apaisement, il m'a balancé son sourire con habituel.

J'ai fait « salut », de la main. Il a articulé un « hahh... hhuhh ».

Son cas est désespéré mais Bernard persiste à faire des efforts pour communiquer. J'ai apporté un carnet et un feutre pour lui écrire. Le mime, c'est pas mon truc.

Il m'a montré son gourbi d'un geste large, un point d'interrogation dans le regard. J'ai écrit : « munitions » sur le carnet.

Il a lu. Il m'a fait signe « OK » avec le pouce.

Je lui ai sorti mon Springfield. Il a pris le pistolet par le compensateur, l'a examiné, a ôté le chargeur et m'a refait un signe « OK » avec son pouce dressé encore plus en l'air. Bernard est parti dans sa salle de bains, tout content que le commerce reprenne. Il en est revenu les bras chargés de tous les calibres imaginables, du .22 court pour fêtes foraines au .12 à ailettes pour sanglier en colère. Il avait aussi en bandoulière un Mossberg noir six coups à pompe, avec un canon long pour la chasse.

Le sourd-muet, content comme tout, a posé ses boîtes de munitions et son fusil sur la table basse du salon encombré. Il m'a fait signe de m'asseoir. Il a sorti d'un emballage cartonné quatre boîtes de .45 ACP qu'il a poussées vers moi.

Une demi-fesse posée sur un tabouret

encore sous plastique, j'ai écrit «$?»
sur le petit carnet. Il m'a fait un signe
«non» de l'index.

Il jubilait, Bernard. Il m'a pris le
carnet des mains et a écrit : «Asossiassion
tout lé deu».

La proposition m'a semblé pas normale.
Un justicier solitaire et masqué, par
définition, c'est pas repérable et c'est
tout seul. Sauf qu'en réfléchissant,
Batman a son Robin, Billy le Kid avait son
Pat Garrett, Clyde tirait des coups avec
Bonnie, et Zorro… Putain, j'avais pas fait
le rapprochement. C'est peut-être ça, la
Providence. Il était muet lui aussi. Et il
s'appelait Bernardo, pareil.

Bien sûr, Bernardo n'était pas sourd,
le mien oui. Mais mon Bernard à moi a une
camionnette à lui. Ça sera toujours mieux
que ma vieille mobylette pourrie. J'ai
repris le carnet et j'ai écrit : «Tope
là.»

Il a topé là.

-— Vous avez pris une pièce d'identité sur vous ?

Les yeux bleus de la gamine croisent ceux du jeune marié dans le rétroviseur. Un simple battement de paupières suffit pour confirmer.

— C'est bien. C'est comme pour les témoins. Vous avez déjà été témoin d'un mariage ?

Dans le rétroviseur, les paupières ne clignent plus. La petite voix fluette de Sandrine Aslan parvient du siège arrière.

— Je ne vois pas le rapport.

— Ben, les témoins d'un mariage, ils doivent montrer leurs papiers, à la cérémonie de la mairie. Figurez-vous que mon témoin, il avait oublié son permis chez lui. Mais le cousin Simon, il est comme ça. C'est un distrait. Le soir, il est arrivé deux heures après tout le monde au lunch, il s'était perdu en route.

Ronaldi, assis à la place du mort, soupire bruyamment. Sandrine s'engonce dans un vieil imper râpé qu'elle a emporté en quittant la masure de sa mère et regarde distraitement défiler les maisons basses du quartier Saint-Antoine. L'épais Ronaldi se tourne vers sa passagère.

— Je ne comprends pas pourquoi vous retournez toujours chez votre mère.

— Vous avez raison, chef ! La prochaine fois, je descendrai au Negresco, à Nice. Mais je ne suis pas sûre qu'ils me gardent longtemps.

Ronaldi esquisse un sourire, bon perdant.

— Un à zéro, petite ! Bien joué.

Concentré sur la circulation dense à l'approche des Arnavaux, Fabien tique.

— Vous connaissez quelqu'un, au Negresco ? Parce

qu'à un moment, Vanessa et moi, on s'est dit que comme voyage de noces...

— C'est pour quand, le voyage de noces ?

Ça alors ! Son chef s'intéresse enfin à son mariage. Fabien est aux anges.

— Dans quinze jours. Vanessa a pris une semaine de congés, moi aussi.

— D'ici quinze jours, elle a le temps de changer d'avis dix fois, votre Vanessa !

Sandrine en rajoute une couche.

— Elle a même le temps de se casser, avant qu'il ne soit trop tard.

Fabien ne saisit pas tout. Il en bégaie.

— Où voulez-vous qu'elle... Je... Nous...

Affalée sur la banquette arrière, les yeux rivés sur ce conducteur surréaliste, Sandrine enfonce le clou.

— Dix sacs qu'elle se casse d'ici dix jours, votre poule. Tenu, chef ?

Ronaldi esquisse une moue satisfaite.

— Si ça ne vous ennuie pas, ne m'appelez pas « chef ». Je ne parie rien du tout...

Un fourgon d'interventions diverses des marins pompiers passe toutes sirènes hurlantes en doublant par la bande d'arrêt d'urgence. Ronaldi attend patiemment la fin du vacarme avant de conclure :

— ... parce que vous avez toutes les chances de gagner votre pari.

Crispé sur son volant, le jeune marié s'emporte.

— Mais vous insinuez quoi, là ? Vanessa et moi, on n'est mariés que depuis samedi, et on vit un véritable conte de fées. Vous êtes cons ou quoi ?

Silence.

Sandrine ne reprend la parole qu'une fois sur la passerelle de la Joliette.

— On doit être con. C'est sûrement ça !

La Renault 11 longe les bâtiments des docks. En contre-bas, une file impressionnante de vieilles Peugeot break sur-montées d'amoncellements de sacs tricolores, de valises rapiécées et d'appareils électroménagers en équilibre instable se dirige vers un ferry pour l'Algérie. Sandrine poursuit son monologue.

— Eux, c'est pareil. Quitte à prendre le bateau pour une croisière, je suis certaine qu'ils préféreraient aller aux Baléares. Sauf que selon qui tu es, tu choisis pas ta croi-sière. Tu es déjà bien content de pouvoir t'embarquer sur un rafiot. Tu comprends ça, le « novi » ?

Le « novi » a déjà beaucoup de mal à ne pas se retrouver embrigadé sur la bretelle qui mène direct sous le tunnel du vieux port. Perturbé, le « novi ». Ronaldi préfère préciser avant l'incident diplomatique :

— Un « novi », en provençal, c'est un nouveau marié. C'est pas un gros mot. A droite, là !

Deux queues de poisson plus tard, la voiture de service fait le tour de la cathédrale. Retour à l'écurie. Sur la rampe qui descend vers les parkings en sous-sol de l'Evêché, Sandrine conclut :

— *Anyway*, je pourrai plus y retourner chez ma mère. Vu l'état de la baraque ! Vous êtes gonflé, quand même.

Ronaldi se tourne vers la gamine.

— C'était un malheureux court-circuit.

— Entre les charpentes en bois et les rideaux en nylon ! A l'heure qu'il est, si elle n'a pas entièrement cramé, la villa à ma mère…

— La villa ? Un taudis, oui ! Avec une installation élec-trique aussi vétuste… Hors normes, hors la loi. De toute façon, les poutres étaient rongées par les termites.

Fabien se gare et coupe le contact.

— Vous y êtes tout de même allé un peu fort, capitaine.

Ronaldi ouvre la portière de derrière pour laisser des-cendre sa passagère tout en marmonnant :

— Je regrette simplement que la propriétaire des lieux n'ait pas brûlé avec son poulailler.

Sandrine s'emmitoufle dans son imper, son regard de glace posé sur Antoine Ronaldi.

— Vous parlez de ma mère ? Elle est peut-être pas dans les normes, mais c'est un être humain.

Le capitaine ouvre le chemin vers les ascenseurs, pas convaincu par cette affirmation.

— Et son œil de verre, c'est un baston avec votre père ?

— C'est une projection d'acide dans l'usine de retraitement de déchets où elle gagne la moitié du SMIC, à mi-temps. Quant à mon père, c'était un gros porc, mais c'était un être humain, lui aussi. *Anyway.*

Préfecture de police, commissariat central.
Déposition de Sandrine Aslan.
Le témoin déclare :
Je travaille comme serveuse dans l'établissement le *Topless fashion*, tenu par Gérard Arakian et son frère Henri Arakian. Dans la soirée du lundi 22 septembre 1997, j'ai eu une vive altercation avec mon employeur Gérard Arakian, à propos de mon état de santé. Je suis en effet enceinte depuis deux mois. J'ai signalé mon état à Gérard Arakian qui s'est fâché. Nous avons eu une discussion devant tous les clients présents.

Gérard Arakian m'a giflée à plusieurs reprises, en m'injuriant en public. Quelques clients sont sortis et sont partis. Trois habitués et un client inconnu sont restés.

L'autre serveuse, Farida Zaroual, a voulu intervenir en ma faveur. Henri Arakian l'a giflée à son tour. Elle s'est mise derrière le comptoir. Gérard Arakian m'a obligée à faire un strip-tease intégral devant ses habitués. J'ai dû m'exécuter sous la contrainte. Puis Gérard Arakian m'a dit qu'il ne voulait plus jamais me voir. Je me suis rhabillée. Je lui ai alors demandé qu'il me donne l'argent de ma paye. Il a ri, m'a donné un coup de poing dans le ventre et m'a poussée dehors. Je suis partie à pied.

A la hauteur de David, le client inconnu vu précédemment dans le bar m'a rattrapée. Il m'a dit qu'il allait tout arranger. Que c'était pas normal de traiter les gens de la sorte. Il m'a donné un rendez-vous vers le square Michelet, une heure plus tard, impasse de l'Huveaune, prétextant que tout serait arrangé et qu'il aurait mon argent.

Une heure plus tard, je me suis présentée au rendez-vous.

Gérard Arakian et l'inconnu étaient déjà au bout de l'impasse. Je me suis avancée vers eux.

J'ai entendu l'inconnu dire à Gérard Arakian : « Vous voyez, elle est venue. » Gérard Arakian s'est tourné vers moi, délaissant son interlocuteur. L'inconnu a alors sorti un gros pistolet de la poche de son blouson, l'a pointé vers la tête de Gérard Arakian et a tiré immédiatement. J'ai vu partir en l'air une partie du crâne de Gérard Arakian. Il a basculé et est tombé à la renverse dans le lit à sec de l'Huveaune, derrière eux. L'inconnu a rangé son arme, s'est dirigé vers moi en disant : « Justice est faite. Il vous a humiliée, il a payé. » Puis il s'est mis à rire. Terrorisée, je me suis enfuie sans me retourner.

L'inconnu était de grande taille, gros, le visage rond, les cheveux gras et rares et bruns. J'ai pu croiser son regard plusieurs fois dans le bar pendant le strip-tease. Il n'avait pas l'air clair, comme quelqu'un qui se la joue. Un « cow-boy ». Je ne l'avais jamais vu avant.

Fait à Marseille,
le mardi 23 septembre 1997, 16 h.

Mardi 23 septembre, sept heures du soir.

Bernard est très content de faire assistant justicier.

Ça l'éclate. Il me l'a écrit sur mon petit carnet.

Pourtant, y a pas de quoi.

On a passé un après-midi de merde sur le parking de Plan de Campagne, à l'affût des voleurs d'autoradios. Rien.

Dégun.

On a circulé entre les allées mais on n'a croisé que des ménagères les Caddies pleins et des gamins les yeux vides. Même pas un début de baston entre bandes d'adolescents excités.

Un calme plat. Le plus dur pour moi a été de faire comprendre à mon nouvel associé qu'on ne pouvait pas écouter la musique à fond la caisse pour faire passer le temps. C'est pas discret.

Trois heures avec mon sourd-muet, dans sa camionnette en tôle, en plein cagnard.

Mortel.

C'est le métier qui rentre. Justicier, c'est une longue école de patience. Et encore plus justicier des temps modernes.

Il faudra juste que je dise à Bernard d'éviter l'aïoli à midi quand on planque ensuite. C'est un peu dur.

FR FRS0270 4 G 0232FRA / AFP-CP43
Divers – Guerre des gangs

Découverte de deux cadavres dans une carrière abandonnée de Marseille.

MARSEILLE, 23 sept. (AFP) — Les corps criblés de balles de deux jeunes hommes d'origine maghrébine ont été retrouvés au pied d'une carrière abandonnée derrière le quartier de Saint-Henri (16e), dans les quartiers nord-ouest de Marseille.

D'après les services de police, cette affaire pourrait être en rapport direct avec le règlement de comptes de la nuit dernière dans les quartiers sud de la ville.

La guerre des gangs serait-elle en train de renaître de ses cendres ? Rappelons que la dernière vague de règlements de comptes avait fait une quinzaine de victimes il y a deux ans dans la région Provence-Côte d'Azur. François Di Giorgio, dit Franky le Clown, relaxé en début de semaine dans une affaire de double comptabilité et de trafic d'influence, avait été cité à plusieurs reprises pendant l'enquête.

tr/gr/lo

AFP 232135 SEP 97

Mardi 23 septembre, minuit.

Autant l'après-midi a été en bois, autant la soirée a été plus que pro-lixique.

Elle a été formidable, la soirée. De flamme.

Bernard et moi, on a décidé d'aller faire un tour du côté de la rue de la République. Si un justicier n'est pas sur le terrain en ville, là où se passe l'action, c'est pas la peine de rien.

On a repris le fourgon de Bernard et trois packs de bière pour patienter en bonne compagnie. L'expérience de cet après-midi nous a servi de leçon.

On est allés rôder entre les Carmes et le Panier.

Bernard a garé son fourgon en double file entre le Crédit Lyonnais et l'entrée du Front National. Pour planquer, c'est bonnard, on a une vue imprenable sur toute la place Sadi-Carnot.

On n'a pas eu à attendre longtemps, mais on s'en doutait. On n'est pas venus là au hasard.

A peine terminé le premier pack de bière, on a repéré leur manège. Deux jeunes connards rôdaient en bas des inter-minables escaliers-pissotières qui mènent au quartier du Panier.

Eux non plus n'ont pas eu à attendre longtemps.

Une Volkswagen immatriculée en Allemagne s'est arrêtée à proximité des cabines téléphoniques devant l'entrée des Impôts, l'ancien immeuble des Messageries Maritimes. Le conducteur, un gros blond tout rougeoyant, s'est précipité vers un des téléphones, sa carte Michelin à la main, alors que sa femme encore dans la bagnole lui répétait le nom de leur hôtel introuvable.

Stratégie classique. Un des jeunes connards est allé faire diversion autour de la cabine pendant que son complice fonçait sur la Volkswagen.

On a entendu un cri. Enfin, moi j'ai entendu, Bernard non, c'est normal.

L'Allemand s'est retrouvé coincé dans la cabine. Sa femme est sortie de la bagnole en hurlant (en allemand) alors que les deux jeunes connards s'engouffraient dans l'escalier. Ils sont remontés en courant vers les travioles du panier, un sac de photographe, une valise et une sacoche en cuir dans les bras.

J'ai fait un signe avec le pouce en l'air à mon chauffeur. Bernard a fait un démarrage audacieux. On a foncé vers la rue François-Moisson et vers les travioles du Panier.

On n'a pas eu beaucoup de mal à les retrouver. Les deux jeunes connards s'étaient planqués en dessous de la Vieille Charité, dans un recoin sombre, pour partager leur butin, morts de rire.

La justice, ça doit aller vite, sinon, c'est pas la peine de rien.

Bernard s'est arrêté de manière à bloquer le coin de mur où les deux jeunes connards étaient accroupis. J'ai mis mon bandeau noir troué sur les yeux, pris mon pistolet et ma bombe de peinture rouge. J'ai pas eu à descendre de la camionnette. Les connards se sont redressés sans comprendre ce qui leur arrivait. C'est un chargeur complet qui leur est arrivé.

J'ai tout tiré. Les huit balles. En vrac. Très vite.

Le premier s'est retrouvé la bouche mordant la margelle du trottoir, l'arrière du crâne en moins. Le deuxième est resté debout, les yeux grands ouverts, calé par une poubelle, trois impacts entre la poitrine et l'estomac. J'ai dégainé ma bombe fluo et j'ai tagué un grand V sur le trottoir, entre les cadavres. Ça avait une de ces gueules, la justice en marche !

On s'est cassés. Vite.

La justice en marche, si ça n'a pas valeur d'exemple, ça vaut pas. On est retournés sur les chapeaux de roues pour retrouver les Allemands agressés. Une minute plus tard, on revenait à la place Sadi-Carnot. Les deux Allemands étaient toujours là, désespérés. Et bien entourés.

Le couple était en grande discussion avec un groupe d'autres connards compatissants et morts de rire, prêts à taxer ce qui restait comme bagages négociables aux puces, dimanche matin. J'ai sauté de mon siège, posé les sacs volés sur le capot de leur bagnole, sous l'œil médusé de l'attroupement de prédateurs qui s'est disloqué aussitôt. Les connards ont dû croire qu'on était des flics. On est repartis encore plus vite.

La justice en marche, c'est bien si elle règle les problèmes de grand banditisme, comme hier soir. Mais c'est encore mieux si elle s'occupe aussi de la petite délinquance, comme ce soir.

C'est cette racaille-là qui devient grands truands après.

On est rentrés à la maison en trois minutes. Depuis, Bernard se torche à la bière chez lui en se déchirant au trash métal pendant que j'écris mon journal de bord. A l'étage en dessous, les deux clébards de la grosse sont déchaînés.

Je m'en bats les couilles, je suis pleinement satisfait.

La justice est en marche.

La Provence, *édition du mercredi 24 septembre 1997*
à la une, sur une demi-page.

QUI EST LE MYSTERIEUX JUSTICIER ?
Canular morbide ou nouvelle guerre des gangs ?
Une vague de règlements de comptes secoue la cité phocéenne depuis deux jours. Les enquêteurs ont trouvé une signature commune à une partie de ces assassinats, un V peint à la bombe à proximité des cadavres. Notre rédaction a par ailleurs reçu une lettre anonyme de revendication signée de la même manière par un mystérieux V.
V comme vengeance ? V comme victoire ? L'enquête permettra peut-être d'en dire plus (voir article en page 2).

Maman chérie,

Je t'écris ces quelques lignes pour te faire parvenir ces articles de journaux où on parle de moi. Et c'est pas fini, mon projet n'en est qu'à son début. Sois fière de ton fils. J'espère que les infirmiers s'occupent de toi comme il faut.

Je pense à toi. Je t'embrasse.

Ton Patou.

La Provence, *édition du mercredi 24 septembre 1997*
rubrique « *Faits d'hier* ».

Suicide catastrophe au Canet. Voulant mettre fin à ses jours, le jeune J.E. s'est jeté du toit de son immeuble. J.E. s'est reçu sur le toit d'un camion garé à l'aplomb de la façade, blessant grièvement le chauffeur qui effectuait sa livraison. A noter que le jeune J.E. était un des trois vigiles licenciés la semaine dernière d'un hypermarché pour violence et voies de fait.

— … le jeune J.E. était un des trois vigiles licenciés la semaine dernière d'un hypermarché pour violence et voies de fait.

— Tu m'as parlé, m'sieur ?

Surpris, Ronaldi dévisage la vieille Tunisienne voûtée qui s'applique à vider les corbeilles à papiers du bureau dans un grand sac plastique bleu. Absorbé par la lecture du journal, il ne l'a pas entendue entrer.

— Non. Je ne vous ai pas parlé, je lis à haute voix.

— Ti'as besoin de lir' à haut' voix pour comprendr' c'que tu lis ? Comm' mon mari ?

Contrarié, Ronaldi ne réplique rien. Lui qui était venu tôt à l'Evêché pour ne pas être emmerdé par son boucan d'adjoint, il doit se fader les réflexions désobligeantes d'une technicienne de surface édentée et sarcastique. Il jette son journal du jour sur son sous-main encombré et interpelle la femme de ménage.

— C'est bien le journal d'hier, là, dans votre poubelle ?

— Peut-être. Y'a écrit…

La vieille Tunisienne récupère le quotidien chiffonné dans son grand sac bleu et commence un pénible déchiffrage.

— *La… Proven… ce.* Alors, *La Provence.* Et la date, c'est… le…

Ronaldi s'extrait avec peine de son fauteuil. Il traverse la pièce, subtilise le journal des mains de la femme de ménage et repart s'effondrer derrière son bureau.

— C'est bon pour aujourd'hui. Cassez-vous. C'est propre.

La vieille s'éclipse sans faire de zèle. L'imposant quinquagénaire fait à nouveau basculer le dossier de son vieux

fauteuil et pose son crâne contre la vitre froide de la fenêtre
derrière lui. Il ouvre le canard de la veille à la page des
faits divers et relit le même article deux fois consécutives,
à haute voix.

— Acte de désespoir ou conséquence tragique des effets
de l'alcool… etc., ce vigile venait d'être récemment licencié d'un hypermarché des quartiers nord pour violences sur
un client.

En face de lui, les deux dobermans du calendrier en quadrichromie ricanent toujours. Sécurité, surveillance, sociétés
de gardiennage, vigiles… trois vigiles… trois cavaliers de
l'Apocalypse ? Non, ils étaient quatre, les cavaliers de
l'Apocalypse. Alors trois mousquetaires… Peut-être bien
trois mousquetaires si on ne tient pas compte de
d'Artagnan. Raisonnement fumeux. C'étaient pas des justiciers, les mousquetaires. Et finalement, ils étaient quatre
eux aussi. Zorro, lui, était un justicier. Mais il était seul. Et
il reste un seul vigile en vie sur les trois. Raisonnement stu-
pide. C'est même pas un raisonnement. Mais c'est une
hypothèse comme une autre. Ronaldi feuillette rapidement
les pages de l'annuaire et compose un numéro, ses gros
doigts écrasant plusieurs touches du clavier à la fois.

— Grand Littoral ? Inspecteur principal Ronaldi à
l'appareil. Passez-moi le service de la sécurité de l'hypermarché…

Ministère de l'Intérieur
Relevé d'écoute téléphonique.
Autorisation nº 234 A 13 D 456
délivrée par le juge Tolosane.

relevé SOCOMEC
Ecoute effectuée au domicile de M. Di Giorgio
François, dit Franky le Clown
Nº 04 91 45 90 98

Mercredi 24 septembre 1997, 8 h 24
2 sonneries.
Correspondant : Franky ? La Méduse à l'autre
bout ! Ne raccroche pas. Le frère Ayache devait
récupérer ta Mercedes hier soir... Mais depuis j'ai
plus de nouvelles.
Di Giorgio : Les flics nous écoutent et tu veux
me faire raconter des conneries, c'est ça ? Ou alors,
tu veux te dédouaner ?
Correspondant : Pas du tout, le Clown... Mais le
frère Ayache a déquillé les deux bicots qui t'ont
volé ta Merced...
Di Giorgio : C'est bien ce que je pensais, la
Méduse. Tu m'appelles sur une ligne écoutée pour
te dédouaner des conneries de tes associés. Tu n'as
jamais été malin, Stef la Méduse. Tu veux me faire
tomber, c'est ça ? Ça te plairait ! Et si c'est pas toi
qui sèmes ta zone, de toute façon, c'est le frère
Ayache et c'est la même tribu que toi. Mets de
l'ordre dans ton écurie, la Méduse. Et prépare-toi à

une gifle magistrale. J'étais prêt à parlementer, mais si tu me cherches, tu me trouves. Et retrouve Ayache, je veux récupérer ma bagnole avant demain.

François Di Giorgio raccroche.

Mercredi 24 septembre 1997, 8 h 25

— Alors, c'était pas top, cette nuit ?

Le bougon Fabien ne répond pas. Accroché au volant, le jeune marié n'a pas ouvert le bec depuis leur départ de l'Evêché. Ce matin, le « novi » a les boules. Il a aussi des cernes sous les yeux. Il bâille à tous les feux rouges, grommelant des injonctions trop faibles pour être perceptibles.

— Vous avez récupéré vos photos du palais Longchamp, Fabien ? Les photos du photographe professionnel ?

— Non !

Ronaldi n'insiste pas, mais n'en pense pas moins. Sandrine avait sans doute raison. Le flair. L'intuition. Ça marche bien, l'intuition. Antoine Ronaldi jette un regard en coin sur son adjoint défait par une nuit d'insomnie et d'engueulade avec sa douce et tendre Vanessa. D'une voix éraillée, l'épuisé Fabien tente de s'intéresser.

— Le mec qu'on va visiter, c'est qui ? Rapport à la mort d'Arakian ?

— A priori non. Je veux simplement vérifier une de mes hypothèses imbéciles.

L'éreinté Fabien bâille à s'en décrocher la mâchoire, laisse son supérieur aux prises avec ses hypothèses, imbéciles ou pas, et vire d'un geste ferme un SDF polonais dépenaillé faisant la manche devant un feu rouge récemment plié par un automobiliste maladroit.

Plombières. Un sinistre boulevard à deux étages, une artère sursaturée longée par de vieux immeubles tristes et occupée par une passerelle de béton et de ferraille perchée à dix mètres de haut, qui double le volume de circulation pour le plus grand bonheur des riverains. Les rez-de-chaussée ont droit aux embouteillages des camions, les seconds étages profitent des longues files bourdonnantes des voitures plus légères. Un accrochage sans gravité entre un camion-citerne et la Fuego délabrée d'un vieux beau à la retraite bloque la circulation depuis cinq minutes devant la caserne des marins pompiers. Deux hommes de garde sont sortis par curiosité. L'altercation vire à l'aigre entre les deux accidentés. Les autres automobilistes s'extraient de leurs véhicules immobilisés à l'ombre de la passerelle alors que les protagonistes de l'incident en viennent aux mains. Ronaldi sort un bout de papier griffonné de sa chemise.

— C'est encore loin, le 92 ?

— En face, après la station-service. Vous voyez Tempier Roustan, les loueurs de matériel ? C'est juste après.

— Laissez-moi là, Fabien. Vous pouvez rentrer chez vous, gardez la voiture. Dormez un peu.

— Et vous ?

— Je rentrerai à pied au bureau.

Le somnolent Fabien sort un cachet d'un tube glissé dans une poche de sa veste. Ronaldi ouvre sa portière.

— Ne vous inquiétez pas, Fabien. Les pannes, ça arrive…

— Qui vous a parlé de panne ?

— Le produit que vous ingurgitez en ce moment ! Yohinbine, c'est ça ?

Ronaldi sort de la voiture de service avec peine.

— Rentrez chez vous, Fabien. A demain.

Ronaldi traverse l'embouteillage, se frayant un chemin entre les pare-chocs. Plus loin, le chauffeur du camion-citerne immobilisé a pris son adversaire à coups de genou dans le ventre. Les klaxons énervés recouvrent les cris de douleurs du retraité plié en deux. Au niveau supérieur, la circulation sur la passerelle est également très dense, mais à cause de travaux sur le revêtement de la chaussée. Ronaldi passe sur le trottoir d'en face et atteint rapidement la porte du 92, noircie par un demi-siècle de vapeurs de gasoil.

Il sonne au premier étage. Rien. Il essaie le rez-de-chaussée, déclenchant un déferlement d'aboiements. Une grosse bonne femme entrouvre ses volets qui se coincent de crasse. Elle éructe pour couvrir la puissance sonore de ses bergers allemands déchaînés et des klaxons dans le boulevard.

— Qu'est-c'y'a ?
— Je cherche Patrice Martinez.
— Et alors ? Démerdez-vous.

Elle referme ses volets aussi brutalement et engueule une partie de sa marmaille venue aux nouvelles. L'inspecteur sonne à nouveau au premier. Un rideau y bouge légèrement. L'électro-aimant claque, l'huis s'entrebâille. Ronaldi passe à proximité de l'appartement de la grosse où les chiens de garde viennent écraser leurs truffes contre le bas de la porte, furibards. Essoufflé, Antoine Ronaldi grimpe les marches, profitant pleinement de l'odeur de Javel qui emplit la cage d'escalier décrépie.

L'immeuble est d'une banalité rare. Tomettes rouges sur les marches, rampe en bois patiné par des années de traction vers les étages supérieurs, lumière fadasse tombant d'une verrière crasseuse à l'aplomb de la cage d'escalier, peinture marron sur les murs jusqu'à hauteur d'œil, peinture beige sale au-dessus. Arrivé au palier, la porte est entrouverte, un œil curieux le dévisage. Ronaldi garde les mains dans ses poches. Il reprend difficilement son souffle mais articule néanmoins :

— Vous êtes Patrice Martinez ?
— Vous lui voulez quoi, à Patrice Martinez ?
— J'aimerais lui parler.
— Vous êtes flic ?

Ronaldi n'acquiesce pas.

— Je m'appelle Antoine et j'aimerais rencontrer Patrice Martinez.

— Entrez, mais sortez vos mains de vos poches.

Un appartement de célibataire endurci. Austère. Une entrée sombre avec un portemanteau supportant une parka noire, un parapluie cassé et une casquette de rappeur délavée. Au sol, un lino usé à en voir les anciens carreaux dessous. A gauche, une cuisine rangée au cordeau. Pas une seule petite cuillère sale sur l'évier. A droite, une chambre, fermée. Au fond, donnant sur le boulevard, un salon à tout faire, sobre. Un canapé pas trop défoncé, une table en pin clair, deux chaises assorties, une télé branchée sur une console vidéo, une montagne de compact disc de jeux de combats, les murs recouverts d'affiches de films de karaté, de séries Z et de dessins animés japonais, une chaîne stéréo qui diffuse en boucle le disque *Action, les meilleures musiques de films d'aventures*, les journaux du jour sur la table, des catalogues de vente d'armes par correspondance, une vitrine remplie d'une collection de grenades militaires de toutes formes et de toutes provenances, une paire de rangers noires, un carton de bombes de peinture rouge fluo. Circonspect, le propriétaire des lieux observe attentivement le nouveau venu.

— Antoine ? Antoine quoi ?

— Antoine. M. Antoine, si vous voulez. Vous êtes donc Patrice Martinez le vigile. Ils vous ont viré pour violence contre un client, chez Grand Littoral ? C'est ça ?

— Pas n'importe quel client, monsieur Antoine. Ce type était cousin avec le directeur de la sécurité du magasin. Il est sorti de l'hypermarché les poches pleines, sans être soucié, en nous narguant. Ce genre de situation est insupportable. Il avait volé, il devait payer. Il a payé.

Les deux hommes se dévisagent, Patrice Martinez poursuit :

— Il faut une justice claire. Si tout le monde se met à faire n'importe quoi…

— Vous lui avez cassé deux côtes.

— Qu'il s'estime heureux qu'on ne l'ait pas déquillé.

Cela dit, je suis sûr que cette ordure ne recommencera jamais. Vous êtes aussi parent avec lui, ou quoi ?

— Pas du tout. Vous savez qu'en l'espace de deux jours, vos deux collègues de travail ont terminé leur passage sur notre planète ? De manière assez violente, d'ailleurs.

— Et vous vous faites du souci pour moi ? C'est sympa ! Vous êtes un agent de la sécurité sociale et ça risque de vous coûter un maximum de fric ?

— Je ne me fais aucun souci pour vous et votre mort éventuelle ne me coûtera rien, même pas une larme.

Antoine détourne son attention et regarde par la fenêtre. Sur la voie d'en bas, les pompiers sont venus ramasser le retraité allongé sous le camion-citerne, inanimé. Sur la passerelle dont on aperçoit à hauteur d'œil un morceau de béton et une rambarde de sécurité tordue, des esclaves gantés travaillent le goudron brûlant, asphyxiés par les émanations de bitume chaud et par les gaz d'échappement d'une file ininterrompue de voitures roulant au pas.

— Gérard Arakian, c'était votre premier ?

Le vigile récupère une des deux chaises en pin et s'assoit, essayant de comprendre qui est cet individu énigmatique qui vient le défier chez lui.

— Mon premier quoi ?

— Votre premier coup. Votre première exécution, quoi !

La voix de cet Antoine incongru résonne contre la vitre mal mastiquée de la fenêtre. Le vigile aimerait bien voir les yeux de ce visiteur imposant. Il tente :

— Qui est Gérard Arakian ?

— Ne jouez pas au con, Patrice Martinez. Nous savons très bien que Gérard Arakian est l'enculé qui tenait le *Topless fashion*, et nous savons parfaitement que c'est vous qui l'avez flingué.

— Nous ?

— Vous et moi, Martinez. Pour l'instant nous sommes les seuls, vous et moi.

Antoine se retourne enfin et tire la deuxième chaise vers lui.

— Vous auriez pu signer M à la place de V.

Patrice Martinez attend que son étrange visiteur soit assis en face de lui pour se dégonfler.

— J'aurais dû signer J. Comme « Justice ». Mais c'est l'émotion de la première fois, j'ai tracé un V comme « Victoire ».

— Ou comme « Vengeance » ?

— Monsieur Antoine, je n'ai à me venger de personne.

La furie des klaxons redouble de violence alors qu'un fourgon de premiers secours se fraie un chemin sur le trottoir du boulevard de Plombières. Patrice Martinez se lève, comme pour donner un cours magistral.

— Je ne supporte pas l'injustice, je ne supporte pas l'abus de pouvoir.

Il se penche vers son interlocuteur et pose les paumes de ses mains sur le bois ciré de la table.

— Je n'ai qu'un but : que notre société revienne à une justice efficace qui n'existe malheureusement plus dans notre quotidien quotidien.

— Notre quotidien quotidien ?

— Vous me comprenez très bien, monsieur Antoine. Un gamin qui fait une bêtise, on lui file une raclée, il réfléchit deux fois avant de recommencer. Un truand qui escroque ses semblables, on lui file la Légion d'honneur. Nous en sommes là, monsieur Antoine. Et le peuple ne le supporte plus, monsieur Antoine. Notre société a besoin d'une justice immédiate. C'est ma mission, monsieur Antoine.

Les deux hommes se dévisagent. Le vigile se rassoit calmement.

— Et vous, monsieur Antoine ?

— Ho, ma vie est beaucoup moins intéressante que la vôtre. Moins palpitante.

Ronaldi se lève, comme dans un effet de bascule avec son hôte. Il se dirige vers la porte d'entrée, faisant signe de ne pas le raccompagner.

— Je suis un simple fonctionnaire, mais mes préoccupations sont finalement assez voisines des vôtres. Je suis content de vous avoir croisé, monsieur Martinez. Je vous recontacterai, à l'occasion.

Un grondement sourd envahit l'appartement, déchaînant les deux bergers allemands de l'étage inférieur. Les fenêtres se mettent à trembler. Le vigile précise :

— C'est Bernard, mon voisin du dessus, un amateur de rock'n roll. Mais il faut l'excuser, il est un peu sourd.

M. Antoine n'excuse personne. Il referme doucement la porte derrière lui.

Mercredi 24 septembre, neuf heures dix.

M. Antoine est venu.

Un type bizarre. Au début, j'étais sûr que c'était un flic. Il en avait l'allure parfaite, une tronche de vieux rat de commissariat.

Mais c'est pas logique. Un flic m'aurait fait la totale. Les menaces, le fourgon, la garde à vue, vous pouvez téléphoner à votre avocat.

C'est pas un flic. J'ai décelé dans son regard comme une complicité, une reconnaissance.

Pour Hulk et Superman, il a lu les journaux. Il a sans doute téléphoné à l'hypermarché. C'est peut-être même le directeur de la sécurité, cet enculé, qui lui a filé mon adresse.

Une chose est sûre, ce type sait tout sur mon épisode Arakian. Il était peut-être au Topless fashion, l'autre soir. Et si c'était le père de la gamine qui s'est fait virer du topless ? Un père qui aurait voulu me voir pour me remercier, ou va savoir quoi !

La visite de ce type est un signe. Une reconnaissance de mon action.

Avachi dans son fauteuil, Antoine Ronaldi relit les relevés d'écoutes téléphoniques, griffonnant mécaniquement ses petites étoiles mal finies sur une vieille enveloppe froissée. La sonnerie stridente du téléphone ne le surprend pas. Il rétablit son équilibre, faisant grincer les ressorts de son siège. A l'autre bout, la voix avinée de son collègue du premier étage lui soutire une grimace. Il connaît déjà par cœur la fin de la conversation qu'il n'a pas encore commencée avec ce tire-au-flanc de Lebèque. Ronaldi reste sec.

— Alors, monsieur Lebèque, cet Aslan ?

— Ce type, Aslan, est allé aux Baumettes pour une histoire de viol sur sa fille. Une horreur.

— Et il s'est suicidé ?

— Ses copains de cellule l'ont suicidé. Gravement.

— Merci, monsieur Lebèque.

— Ils l'ont torturé avec les fils de la télé de la cellule…

— Merci, Lebèque.

— Non, mais attends, Ronaldi, ils l'ont étranglé avec…

— C'est bon, Lebèque. Je voulais simplement vérifier que ce type ne s'était pas suicidé par remords.

— Ils l'ont massacré. On l'a retrouvé sodomi…

— Ça va, Lebèque. Merci.

Sentant la fin de la communication proche, l'aviné Lebèque se précipite pour en remettre une couche.

— Dis, Ronaldi, mon beau-frère s'est fait choper un peu vite au volant, avant-hier…

— Et alors ?

— Tu connais bien le juge qui…

— Il allait à combien, votre beau-frère ?

— Ho, pas vite, 120, 130…

— Sur une nationale ?

— Mais non, sur l'avenue du Prado, mon beau-fr…

— Qu'il crève, votre beau-frère. A plus tard, Lebèque.

Ronaldi raccroche, regarde sa montre, satellise son enveloppe étoilée dans la poubelle et s'extrait difficilement de son fauteuil. Il se dirige vers le bureau de l'absent Fabien : le seul Minitel de toute la pièce est installé là. Basculant le clavier, il tombe nez à nez avec l'unique photo nette des nouveaux mariés scotchée sur le bord de l'écran informatique.

Pour la première fois, Ronaldi prend le temps de découvrir la belle Vanessa, dont son lieutenant alimente toutes ses conversations depuis samedi dernier. Quelle cagole ! La robe de mariée achetée à crédit chez Pronuptia accentue bien l'aspect pouffiasse de cette petite grosse décolorée, maquillée à la truelle et entourée de ses demoiselles d'honneur, trois petites Vanessa, les mêmes quinze ans plus tôt. Vision insoutenable. D'un geste brutal, Ronaldi enlève la photo et la range dans le tiroir de son adjoint. L'inspecteur compose nerveusement le 36 56.

PTT
Télégramme : *Mercredi 24 septembre 1997 14 h 50*
Destinataire : M. Patrice Martinez 92 bd de
Plombières 13014 Marseille
Expéditeur : Société QQ, Quotidien Quotidien.
Rendez-vous ce soir chez le Clown, 4 square
Monticelli.
Apportez vos bombes de peinture.

Mercredi 24 septembre, cinq heures et demie.

On a passé deux heures à rôder sur le parking d'Ikea, à Vitrolles.

Bernard avait l'air content de notre journée d'hier.

Je lui ai montré les articles sur les journaux. Mon sourd-muet m'a montré son pouce dressé en l'air et son sourire radieux. Les parkings géants des gros centres commerciaux, c'est des mines d'or pour les justiciers. En deux heures, on a pu intercepter trois tentatives de vol d'autoradio. Les bronzés sont partis comme des lapins, mais sans rien casser dans les bagnoles. C'était déjà pas mal.

Mais rien d'exceptionnel, pas de quoi alimenter la presse nationale. J'ai même pas eu l'occasion d'enfiler mon masque noir.

J'ai trouvé le télégramme en rentrant à la maison.

Le préposé des postes a dû avoir du mal avec la grosse du rez-de-chaussée, il a écrit au crayon noir, sur le dos du télégramme : « Vous devriez faire euthanasier votre voisine du dessous, ça lui ferait beaucoup de bien. »

Après cet après-midi mitigé, ce petit bout de papier m'a mis en joie.

J'ai ouvert l'enveloppe bleue, le texte est court mais clair. Franky le Clown crèche donc dans les beaux quartiers.

Saint-Giniez, le quartier des consulats. La racaille a les moyens.

Quel drôle de type, ce M. Antoine. Tout compte fait, ce vieux est peut-être un baron du milieu marseillais. Quelquefois, on est surpris par les apparences.

On a déjà vu de bons pères de famille trafiquants de drogue internationaux, des filles de la haute société mères maque-relles averties… M. Antoine, sous ses airs bourrus, est peut-être le rival direct de Franky le Clown. Et il a trouvé en moi un exécuteur motivé et pas cher.

Je vais m'occuper de Franky le Clown d'abord. Je m'occuperai de M. Antoine après.

L'inspecteur principal Antoine Ronaldi grimpe avec peine l'escalier qui mène sur la place des Treize-Cantons. Une nuée de gamins dépenaillés le croise sur le palier à mi-hauteur, s'injuriant copieusement et se lançant des cailloux sur la gueule. Le plus petit s'écroule, mort de rire, dans un coin de la rampe fleurant bon l'urine. Il se relève aussitôt, ramasse la caillasse qui l'a atteint dans le dos et part se venger illico.

— Con de ta mère, Pascal, si je t'attrape, je te nique !

Le Pascal en question est déjà à l'angle de la rue de l'Evêché avec ses copains, hilares eux aussi. Ronaldi se dit qu'il a beaucoup de mal à comprendre les jeux des gamins d'aujourd'hui. Arrivé sur la petite place ombragée, un nuage de vapeurs de fuel le cueille à froid. Une camionnette qui descendait la rue du Panier est coincée en face d'un gros break diesel qui remontait la rue Sainte-Françoise. En reculant, le diesel s'est explosé un pneu sur les bites en ferraille incrustées dans la chaussée. Inextricable. Quelques autochtones énervés se sont agglutinés derrière les deux véhicules, ceux qui veulent descendre des vieux quartiers et ceux qui veulent y accéder. Le bronx habituel.

Un rapide coup d'œil sur la terrasse du bar des *Treize Coins*, personne. Une autre inspection à l'intérieur, elle est là. En grande conversation avec Biche, le patron du bar. Sandrine est appuyée contre un mur, attablée devant une menthe à l'eau. Ronaldi passe le pas de la porte, fasciné par cette fille. Biche regarde froidement ce nouveau venu et se casse dans l'arrière-salle. Biche n'a jamais supporté Ronaldi. Ronaldi s'en fout. Il s'assoit en face de la gamine, embarrassé.

— Merci d'être venu, mademoiselle Aslan.

— Mademoiselle Aslan ? Personne ne m'a jamais appelée comme ça. Essayez Sandrine, ça passe mieux.

— Sandrine ? Sandrine !… Vous avez trouvé un toit pour la nuit dernière, Sandrine ?

— Chez Farida pour la première moitié de la nuit.

— Seulement la première moitié ?

— Henri Arakian est passé pour tirer un coup vers une heure du matin. Je me suis planquée dans la cage d'escalier. Ensuite, je suis repassée rue d'Aubagne, à ma chambre de bonne. Mais la proprio a fait changer les serrures.

— Je sais. La mère Arakian gère au mieux son patrimoine immobilier. Je voulais…

Un flot d'injures entre conducteurs excédés prêts à se mettre sur la gueule interrompt leur conversation. Ronaldi, troublé, détourne son regard vers le trottoir. La simple évocation de la tribu Arakian l'a mis en colère. Son quadruple menton frémit. Il ne sait plus quoi dire. Consciente de sa supériorité, la gamine laisse le silence s'établir entre eux et réattaque fort.

— Vous allez m'inviter à bouffer et me sortir votre panoplie du dragueur des années soixante-dix ?

— … ?

— Si vous voulez me baiser, je vous mets à l'aise tout de suite, c'est cinq cents balles et c'est où vous voulez ! Pas la peine de perdre du temps à se fader un resto interminable, on va…

— Il est hors de question de vous baiser ou quoi que ce soit, Sandrine. Je voulais simplement parler avec vous.

— Parler avec moi ? Parler de quoi, Ronaldi ? De l'hôtel particulier de ma mère en cours de rénovation ? De mon avenir professionnel comme chargée d'affaires au sein d'une PME performante ? De votre brillante carrière d'enquêteur au service d'une démocratie de progrès ?

Sandrine se dresse, se tourne et retrouve le regard de

l'inspecteur dans le miroir tacheté accroché au mur de la salle du bar.

— Regardez-nous, Ronaldi ! Formidable, non ? Un minable flic de province obèse, accompagné d'une pute enceinte de son maquereau. Super !

Le regard d'Antoine Ronaldi se bloque sur le ventre de Sandrine Aslan

— C'est donc bien Gérard Arakian, le père du gamin.

Sandrine se met à rire, d'un rire cristallin.

— Comme enquêteur, vous êtes balèze. Pour les carnets mondains, vous repasserez !

La gamine met ses mains sur son estomac déjà légèrement rebondi.

— Pas du tout. Le père de la verrue que vous voyez là, c'est Henri Arakian.

L'inspecteur ne réagit pas.

— Ça vous épate, Ronaldi ? C'est cet abruti d'Henri qui fait passer les tests aux nouvelles employées de son rade. Manque de bol, c'était pas le bon jour pour moi. Et ça va vous souffler mais je suis bien décidée à la garder, cette verrue-là.

Les gamins qui se coursaient dans l'escalier remontent la rue Sainte-Françoise en se jetant des cartons de poubelle à la gueule. Le petit Pascal s'étale sur une des bites en ferraille qui bornent la chaussée et se met à hurler de douleur en se tenant le mollet. Personne ne bronche. Ni dans la rue, ni dans le bar. Ronaldi détourne ses yeux du ventre de Sandrine et esquisse une grimace dégoûtée. Sandrine dévisage ce bonhomme adipeux assis en face d'elle, ce représentant d'un ordre qui n'est pas le sien.

— Ça vous gonfle, les gamins, inspecteur ? Le mien sera comme ceux-là. Casse-couilles, remuant, hurlant et braillant pour un rien, fragile…

Affalé devant l'entrée du bar, le petit Pascal se relève en jurant.

— Con de tes morts, Nourédine ! Je t'attrape, je t'encule !

Sandrine vide sa menthe à l'eau d'un trait.

— Choqué, Ronaldi ? C'est insupportable mais la vie, c'est ça. Des gamins mal élevés qui cassent tout sans aucun respect pour rien.

Antoine Ronaldi se relève, silencieux. Ses mâchoires sont serrées, ses poings fermés. Sandrine caresse son bas-ventre.

— Et vous, vous attendez quoi de la vie, Ronaldi ?

L'inspecteur sort son portefeuille et en extrait cinq billets de cent francs qu'il place dans les mains de la gamine.

— Merci pour tout, mademoiselle Aslan.

Il sort du bar sans se retourner.

Lettre portée aux conciergeries de La Provence *et de* La Marseillaise, *le mercredi 24 septembre 1997.*

MA justice EST en MARCHE

La *racaille peut* trembler

les *HONETE* GENS *PEUVENT* DORMIR trANquile

V

Mercredi 24 septembre, six heures et demie du soir.

Bernard m'a dessiné un billet de 1 000 dollars sur le petit carnet.

A côté, il a griffonné une montre et un point d'interrogation. Nous n'avons pas les mêmes objectifs. Ça risque de poser rapidement problème dans notre association.

Mais pour l'instant, c'est bien pratique pour moi d'avoir un chauffeur-aide de camp. Bernard m'a attendu pendant que je déposais les lettres anonymes aux concierges des journaux, à Roger-Salengro d'abord, à Estienne-d'Orves ensuite.

En remontant dans la camionnette, je lui ai pris le carnet des mains et j'ai écrit : « Ce soir, on fait un gros coup. »

Bernard a levé la main en frottant son pouce contre son index pour dire : « Pognon ? »

Je lui ai fait non avec l'index de ma main gauche pour dire : « Non. »

J'ai levé ma main droite, le pouce relevé, l'index et le majeur collés à l'horizontale pour dire : « Flingue. »

J'ai simulé le chien d'un revolver qui tire avec le pouce, plusieurs fois, pour dire : « Charclade à coups de flingue. »

Bernard s'est mis à rigoler. Il m'a

montré son pouce dressé en l'air pour
dire : « Super. »

Je commence à être fort dans le langage
des signes.

Il a remis le moteur en route et on est
retournés chez nous, à Plombières. Bernard
nous a même fait un fou rire, tout seul.

Ça fait bizarre, un muet qui rigole.

Ça fait des bruits de chasse d'eau mal
réglée.

Tout le trajet du retour, Bernard s'est
désigné avec l'index, pour dire : « Moi » et
a complété ses explications par ses deux
mains agitées en guise de mitraillette qui
tire pour dire : « Je vais faire un car-
nage. »

Il faudra que je lui explique que la
justice en marche, c'est pas forcément un
holocauste.

— Comme d'habitude ?

Antoine Ronaldi acquiesce d'un mouvement de menton. Etienne fait un signe discret à son pizzaïolo, qui s'exécute aussitôt. Calé contre un des murs en lambris du restaurant, l'inspecteur termine sa première pizza aux anchois. Il n'a pas dit un mot depuis qu'il est arrivé vers dix-neuf heures, comme tous les soirs depuis vingt ans. Le patron de la *Pizzeria chez Etienne* enlève le verre vide devant son client solitaire et le remplace par un deuxième Coca.

Ronaldi ingurgite lentement ses dernières olives. Seuls les craquements des bûchettes de pin dans le four à pizza perturbent le silence de la salle. Les clients normaux ne sont pas encore arrivés. Le patron, tendu, préfère aller faire quelques pas devant sa boutique. Il risquerait de se laisser emporter, et aucune discussion n'a jamais abouti avec ce flic caractériel.

Etienne n'a jamais supporté Ronaldi. Ronaldi s'en fout. L'inspecteur voit arriver sur sa table une pizza au fromage pour six personnes qu'il attaque consciencieusement. Comme tous les soirs depuis vingt ans. Le pizzaïolo alimente son four en bûches de résineux et sort prendre le frais avec son patron.

— Putain, qu'est-ce qu'il est lourd, le condé ! Dans tous les sens du terme.

Appuyé contre les briques rouges de sa devanture, Etienne regarde à sa droite, vers le passage de Lorette d'où personne ne monte, puis vers le haut de la rue du petit puits. A l'angle de la rue des Mauvestis, deux ados sortent à pas lents du *Bar des deux sinistrés*, déjà défaits au Ricard. Pas grand-monde ce soir, dans le quartier du Panier à l'heure de l'apéro. Seuls quelques Vietnamiens viennent s'approvisionner dans les boutiques à tout vendre en face de la pizzeria. Le patron hausse les épaules, philosophe.

— Bof ! *Lascia correr*[1]. Un jour, il explosera, Ronaldi. A chacun son suicide. Va lui préparer son chocolat liégeois, qu'il se tire vite et qu'il nous casse plus les couilles.

1. Laisse courir.

Mercredi 24 septembre 1997, minuit et quelques.

Bernard n'a pas pu s'empêcher.
On s'est tapé un vieux Van Halen pendant toute la route du retour.
A fond, dans la camionnette. Les parois en tremblaient. Bernard était dans un état d'excitation terrible. Entre les deux lignes de poudre qu'il avait dans le nez et le stand de tir improvisé… parce que ce soir, il a enfin pu jouer au justicier lui aussi, mon sourd-muet.
Honnêtement, heureusement qu'il était là, Bernard. C'est lui qui a déquillé Ayache et son garde du corps. Ce qui m'ennuie le plus, c'est que Bernard se les est faits à la chevrotine. Ça fait désordre dans mon tableau de chasse.

Le télégramme de la société Quotidien Quotidien n'indiquait pas l'heure du rendez-vous. On s'est pointés vers neuf heures du soir.
C'est d'un calme, les quartiers chics, le soir. On a poireauté deux heures et demie pour rien à proximité de l'hôtel particulier de Franky le Clown. Et passer deux heures et demie en compagnie d'un sourd-muet, pour la conversation, je te raconte pas.

Vers onze heures et demie, une Mercedes noire s'est arrêtée au bout de l'avenue César-Franck, tous feux éteints. Je ne m'en suis pas soucié plus que ça.

J'aurais dû. C'était la même que celle envoyée par Franky le Clown, pour mon rendez-vous à l'Escalette, mais j'ai pas fait le rapprochement. Il ne s'est rien passé pendant encore dix minutes. Bernard s'endormait, je lui ai conseillé de se faire une ligne. Il a toujours de la coke sur lui, mon associé.

Le portail de la villa s'est ouvert sans bruit, ça nous a surpris. Les phares d'une grosse BMW ont illuminé le muret d'en face. Une grosse bagnole de truands sortant de la baraque d'un truand, ça devait être Franky le Clown, forcément.

Blindée, pas blindée, j'ai pris le risque. J'ai enfilé mes gants noirs, noué mon masque derrière ma nuque, pris mon flingue et ma bombe de peinture.

Là, surprise, la Mercedes que j'avais complètement oubliée est arrivée à toute blinde.

Pas un coup de frein, rien. Ça a fait un raffut… Les ailes des deux bagnoles ont giclé en l'air. Les morceaux de tôle tordue sont retombés, défonçant la carrosserie d'une Saab garée plus loin dans la rue. La BMW percutée par le côté s'est retrouvée un court moment en équilibre sur ses deux roues gauches. Elle est retombée lourdement, écrasant le capot et tout l'avant de la Mercedes.

Deux types armés jusqu'aux dents et complètement sonnés sont sortis de la BMW en titubant. Le chauffeur et le passager de la Mercedes étaient déjà dehors, deux pistolets-mitrailleurs dans les mains.

Je suis resté en retrait alors que ça tirait dans tous les sens. Les deux passagers de la BMW se sont vite retrouvés allongés sur le bitume, la gueule en sang. Ils ont dû tirer quelques coups avant de crever parce que le passager de la Mercedes se tenait le bras en grimaçant. Le chauffeur lui criait : « M'sieur Ayache, m'sieur Ayache, ça va aller ? »

Ayache lui a hurlé : « Occupe-toi de l'autre cinglé, là-bas. »

J'ai regardé autour de moi. C'est bien de moi qu'il s'agissait. Je me suis retrouvé un peu con, planté au milieu de l'avenue, à pas savoir s'il fallait tirer, partir, parlementer.

J'ai pas eu à réfléchir longtemps. Remonté comme un réveil, Bernard est arrivé en courant. Il a tiré au jugé. Le chauffeur a fait un joli vol plané en arrière et s'est incrusté dans le pare-brise de sa Mercedes. Ayache, blessé, a tenté de tirer dans notre direction mais mon sourd-muet a été plus adroit. La tête d'Ayache a volé en l'air, son corps n'a pas suivi. Il s'est écroulé dans l'huile de vidange qui fuyait de dessous les deux grosses berlines.

En catastrophe, je suis allé taguer un grand V rouge sur le portail de la résidence de Franky le Clown. En passant à proximité des deux types de la BMW, j'ai constaté que Franky le Clown ne faisait pas partie des cadavres. Ce sera pour la prochaine fois.

On est repartis comme des jobastres, à fond la caisse, Bernard perdu dans une nouvelle crise de fou rire. L'énervement sans doute. Peut-être aussi la cocaïne. Toujours ces bruits énervants de siphon qu'on vidange.

D'ailleurs, ça me contrarie un peu, cette histoire de came.

C'est pas normal que l'associé d'un justicier des temps modernes trafique dans les drogues. C'est pas légal, c'est pas logique et c'est pas moral. Il faudra que je lui en parle sérieusement. Mais ça risque d'être pas facile, avec mon sourd-muet. Je maîtrise pas encore le langage des signes à fond.

Ministère de l'Intérieur
Relevé d'écoute téléphonique.
Autorisation nº 234 A 13 D 456
délivrée par le juge Tolosane.

relevé SOCOMEC
Ecoute effectuée au domicile de M. Di Giorgio
François, dit Franky le Clown
Nº 04 91 45 90 98

Jeudi 25 septembre 1997, 8 h 24
1 sonnerie.
Correspondant : Franky ?

Di Giorgio : Appelle-moi sur mon portable, la Méduse.

Correspondant : Pour cette nuit, j'ai rien pu faire. Ayache était fou furieux.

Di Giorgio : Tu devrais arrêter de te servir de ma ligne téléphonique pour te dédouaner auprès des condés. Si tu veux voir les condés, tu as qu'à venir devant chez moi, y en a un troupeau complet depuis cette nuit. Mes avocats sont contents, ça leur fait du boulot.

Correspondant : Il faut qu'on se voie, le Clown.

Di Giorgio : Profite qu'on est écoutés pour donner l'adresse et l'heure du rendez-vous, c'est une bonne idée.

Correspondant : On se voit seuls et comme d'habitude. Cet après-midi.

Le correspondant raccroche.
Jeudi 25 septembre 1997, 8 h 25

Ministère de l'Intérieur
Relevé d'écoute téléphonique.
Autorisation n° 234 A 13 D 456
délivrée par le juge Tolosane

relevé SOCOMEC
Ecoute effectuée au domicile de M. Di Giorgio
François, dit Franky le Clown
N° 04 91 45 90 98

Jeudi 25 septembre 1997, 8 h 26
Appel effectué par M. François Di Giorgio.

Correspondant : Oui ?
Di Giorgio : La Méduse ? C'est le Clown à l'appareil. J'espère moi aussi qu'on est écoutés. C'est
pour ça que je t'appelle avec ma ligne normale, je
veux qu'il y ait des témoins. Si tu me prends pour
un con, la Méduse, je te jure que j'extermine toute
ta famille. Toute ! Tu m'entends ? Jusqu'à tes cou-
sins les plus éloignés de Buffalo, aux Etats-Unis.
On se retrouve cet après-midi, comme d'habitude et
seuls.
François Di Giorgio raccroche.

Jeudi 25 septembre 1997, 8 h 27

— Alors, Fabien, votre journée de repos a-t-elle été bénéfique ?

Le jeune inspecteur ne répond pas tout de suite. Un sourire illumine son visage.

— On va dire « utile ».

Le requinqué Fabien semble en forme. Antoine Ronaldi est toujours penché vers l'arrière, le dos calé dans son siège aux ressorts surtendus, la tête appuyée contre la vitre poussiéreuse. Le capitaine profite de l'installation de son lieutenant derrière son poste de travail pour lui faire un résumé succinct de la réunion au sommet du matin.

— Vous avez raté un grand moment, tout à l'heure, inspecteur Morel. On a eu droit à un représentant du ministère de l'Intérieur, à notre commissaire dans tous ses états, au SRPJ presque au complet… même l'attaché de presse de la préfecture était là ! Nos chefs aimeraient des résultats rapides, des coupables crédibles. Et comme je m'en doutais, le procureur Echkénazi avait fait le déplacement depuis le palais de justice, exprès. Une image inoubliable des représentants de l'ordre républicain dépassés par les événements.

L'inspecteur Morel remet ses papiers en place et scotche à nouveau la seule photo nette de son mariage sur le bord du Minitel, avec détermination.

— Nous sommes nous aussi des représentants de l'ordre républicain. Et nous sommes nous aussi dépassés par les événements.

— Vous devenez philosophe, Fabien.

Ronaldi fait tourner son siège. Il jette un regard désabusé sur le petit train touristique qui fait visiter les vieux quartiers. Chargé de trois malheureux Japonais en goguette, le

tracteur déguisé en locomotive est en route pour une expédition vers l'église Saint-Laurent. Les Japonais mitraillent
la cathédrale de la Major. Ils n'ont certainement aucune
architecture d'aussi mauvais goût, chez eux. Par une association d'idées con, Ronaldi repense à la pièce montée de
son adjoint, et à la bouille réjouie de la grosse Vanessa
scotchée sur le Minitel.

— Chez vous, ça va ?

— Très bien. Je lui ai montré qui est le chef.

— C'est une bonne chose. Et alors ?

— Ben, c'est moi le chef.

Ronaldi ne s'attendait pas à une réponse aussi con. Le
réconforté Fabien plonge dans les notes de service qui se
sont accumulées sur son bureau toute la journée d'hier.
Pernicieux, Ronaldi insiste.

— Efficace contre les pannes, la Yohinbine !

Fabien relève la tête vers son supérieur hiérarchique, un
mauvais rictus au coin des lèvres.

— Ça, pour être efficace. Hier matin, après vous avoir
quitté, je suis rentré à la maison. Un hasard, Vanessa était
là, avec…

Le téléphone sonne, Ronaldi décroche. Il a du mal à
retenir ce tic qui lui fait serrer les mâchoires. Devant le
regard interrogateur de son adjoint, il se contente de faire
un signe d'apaisement de la main et raccroche.

— Mauvaise nouvelle ?

— Pas forcément. C'était notre commissaire. Le procureur Echkénazi veut être informé de tout, à la minute. Il
veut nous voir en personne avant de retourner au Palais.

Soudain besogneux, Antoine Ronaldi se met à ranger à
son tour le foutoir qui règne sur son sous-main en se justi-
fiant.

— Le procureur Echkénazi suit l'essentiel des affaires
liées au milieu. Après la dernière boucherie de cette nuit, je
m'attendais à le voir réagir.

L'inspecteur Morel ouvre un tiroir et en sort ses notes manuscrites.

— J'ai écouté les infos, à la radio en venant. Ça repart comme en 14.

Ronaldi a une mimique intrigante.

— Je dirais plutôt comme en 39.

— Pourquoi donc ?

— La guerre de 39 est pleine d'enseignements, une situation exceptionnelle, des personnalités bien plus intéressantes que pour celle de 14… Je vous expliquerai un de ces jours, inspecteur Morel. Cette nuit, Franky le Clown s'en est encore tiré vivant. Il a eu de la chance.

Ronaldi se dégage de son fauteuil qui en grince de reconnaissance.

— Echkénazi et le commissaire nous attendent au quatrième, Fabien. Et les avocats de Franky le Clown attendent le procureur Echkénazi au Palais. Alors, Vanessa ?

L'étonné Fabien se lève, une chemise cartonnée à la main.

— Quoi, Vanessa ?

— Vous aviez commencé à me raconter…

— Ah oui ! Hier matin, quand je suis rentré chez nous, elle était encore à la maison parce que son camarade de bureau qui passe la prendre tous les matins était tombé en panne. Du coup, Vanessa a pris sa matinée et on a pu mettre les choses au clair.

Le spectacle de ce garçon subjugué par sa grosse radasse fascine Antoine Ronaldi. Le pensif Fabien a les yeux rivés sur une photo de sa dulcinée. Le jeune inspecteur a un soupir de contentement extrême. Il jubile.

— Efficace, la Yohinbine. Dès que Silberstein est parti, on a…

— C'est quoi, Silberstein ?

— Ben, c'est le camarade de bureau de Vanessa. Un type discret. Il a fini son café et s'est éclipsé. On a…

— Ce garçon était là quand vous êtes rentré chez vous, hier matin ?

— Ben oui ! Pourquoi ? Il vient chercher Vanessa à la maison tous les jours…

Antoine Ronaldi ne rétorque rien. Pensif, il invite son adjoint à le suivre chez leur commissaire avec un rictus ambigu. Les deux hommes s'apprêtent à sortir de la pièce lorsque le téléphone sonne à nouveau. Ronaldi traverse la pièce, décroche et laisse son interlocuteur parler. Au bout d'une minute, il répond simplement :

— En fin d'après-midi, aux *Treize Coins*.

Sortis de leur antre, les deux hommes se retrouvent à slalomer dans le couloir encombré de vieux mobilier de bureau en cours de réforme. Ronaldi se fabrique un faciès rassurant.

— Vous savez, Fabien, avec la Yohinbine vous pouvez même doubler les doses indiquées sans problème.

— Ho, là, ça va. Pour l'instant.

Le rasséréné Fabien relit un post-it qui dépasse de ses dossiers.

— Vous croyez que Franky le Clown va tomber cette fois ?

— Le Clown ne tombera jamais, Fabien. Il a trop de protections.

Les deux hommes grimpent les premières marches qui mènent au quatrième étage. Le sublimé Fabien gonfle la poitrine et sort d'un souffle :

— Un acrobate ne tombe jamais. Et un Clown si ! Et c'est ça qui fait rire.

Antoine Ronaldi est épaté par le trait d'esprit de son adjoint. Décidément, le mariage, ça vous transforme un bonhomme. Et on n'a pas encore tout vu.

Jeudi 25, fin de matinée.

J'ai réveillé Bernard vers neuf heures.
Il était dans un état euphorique terrible.
Il chantait à tue-tête. Un muet qui
chante à tue-tête, c'est curieux à voir.
Je lui ai dit que notre aventure ne
devait pas se limiter aux truands notoires
et que nous devions persister à régler les
problèmes du quotidien quotidien. J'avais
juste oublié qu'il est sourd. Comme tout
ça était trop compliqué à écrire sur le
petit carnet, je lui ai fait un geste pour
dire « On se casse ».
En bas de l'escalier, on a croisé notre
voisin veilleur de nuit qui rentrait chez
lui, épuisé. Sa femme, la grosse, l'a
pourri à peine passé la porte de son
appartement. On entendait encore les bergers allemands déchaînés alors qu'on avait
traversé Plombières, malgré la circulation
déjà monstrueuse sur le boulevard et sur
la passerelle d'en dessus.
On est retourné chez Ikea de Vitrolles,
sur le parking. Une intuition, comme ça.
Au bout d'une heure, Bernard tirait
méchamment la gueule. Il ne se passait
rien.
Rien du tout.
Puis on les a vus arriver. Deux vieux
dans une vieille 205.

Le couple de retraités a garé sa Peugeot
sous un bosquet à l'ombre, au fin fond du
terre-plein qui sert de parking.

A l'ombre, mais loin de tous les
regards. Une cible idéale. Les deux vieux
sont partis faire leurs courses.

Rapidement, un bronzé a fait un cirque
pas discret autour de la bagnole. J'ai
cogné Bernard avec mon coude dans son
ventre, il m'a gratifié d'un sourire complice et on s'est planqués pour observer
le manège. Le bronzé a pris une bougie
dans sa poche, brisé la vitre, ouvert la
porte, et s'est engouffré sous le tableau
de bord.

Il faut trente secondes à un mec un peu
expert pour extraire un autoradio d'une
bagnole normale. Il nous a fallu vingt-
cinq secondes pour arriver à proximité de
la Peugeot et pour coincer le bronzé.

J'ai mis mon masque noir, pour la forme.
La camionnette de Bernard collée à la
bagnole des retraités l'empêchait de
sortir, je me suis simplement penché à ma
portière. J'ai croisé le regard du bronzé.
Il le croyait pas. Cette racaille m'a
quand même nargué. Il a même rigolé en
beuglant quelque chose comme : « Ho !
Carnaval ! »

J'ai sorti mon Springfield. Le bronzé a
marmonné : « Arrête tes conneries. »

C'étaient pas des conneries, j'ai pas
arrêté. La balle l'a atteint entre les
deux yeux. Il a été propulsé vers le fond
de la bagnole comme une poupée de chiffon.
Je suis sorti et j'ai tagué le toit de la

voiture. Un grand V rouge fluo sur la carrosserie blanche. Bonne pioche. Bernard a
passé la première et on a rapidement rat-
trapé l'autoroute vers Marseille. Demain,
on essaiera le parking de la Valentine.

Le deuxième télégramme était glissé sous
ma porte, rageusement griffonné au crayon
par le préposé d'un : « Putain, votre voisine, ça s'arrange pas, vous devriez faire
venir la SPA. » J'ai attendu que Bernard
soit rentré chez lui pour décrypter le
deuxième message de M. Antoine.

PTT

Télégramme : *Jeudi 25 septembre 1997 11 h 12*
Destinataire : M. Patrice Martinez 92 bd de
Plombières 13014 Marseille
Expéditeur : Société QQ, Quotidien Quotidien.
Le Clown et la Méduse flottent à la pointe rouge
panne 3. Spectacle en matinée seulement, sur *Le
Roi Tiboulen* à partir de 14 h.

— Il doit les tomber comme des mouches.

La Renault 11 déboule du parking de l'Evêché. Au passage, le compatissant Fabien fait un petit signe au gardien de service coincé dans sa cahute de verre jusqu'à la relève du soir. Antoine Ronaldi est coincé derrière le volant qui frotte sur son ventre à chaque virage.

— Vous êtes séduit par notre procureur, inspecteur Morel ?

Fabien Morel n'a pas l'air séduit. Plutôt bluffé.

— Vous trouvez pas qu'Echkénazi ressemble à une photo de mode, chef ?

Ronaldi fait craquer une vitesse.

— Ah ça ! Pour tout ce qui est clinquant, Echkénazi ne recule pas devant les frais. Tous ses costumes sont faits sur mesure.

— Ouaips' ! Il doit les tomber comme des mouches.

Ronaldi grille sans états d'âme le stop devant l'école communale de la Major.

— Surtout les jeunes inspecteurs.

Le frétillant Fabien a du mal à réaliser.

— Non ! C'est pas possible.

— Si vous voulez essayer, Fabien, après vous. Mignon comme vous êtes, ça devrait se concrétiser assez vite. Vous pourriez même passer capitaine de police judiciaire en un rien de temps.

— Echkénazi n'est quand même pas homo !

— C'est un secret de Polichinelle. Tout le monde le sait.

La bagnole tourne dans le boulevard des Dames. Ronaldi aperçoit la plaque de rue et esquisse un sourire. L'incrédule Fabien serre instinctivement les fesses en se remémorant tout l'attirail vestimentaire du fringant Echkénazi.

— Je serais curieux de savoir où il trouve le pognon, pour se faire tailler des costumes sur mesure ?

— Les tailleurs de costumes sur mesure et le pognon, c'est culturel chez les youpins.

Le lieutenant de police Fabien Morel dévisage le capitaine de police Antoine Ronaldi. Les doigts boudinés de l'obèse sont agrippés au volant, son quintuple menton tangue à chaque virage. Le stupéfait Fabien a dû mal entendre. Pour se donner une contenance, il plonge dans la boîte à gants à la recherche d'un hypothétique plan de la ville, laissant son supérieur conduire sans oser le reprendre sur sa redoutable remarque. Sans se démonter, Ronaldi interrompt son adjoint dans son investigation alibi.

— Laissez tomber, Fabien. Pas besoin de plan, je sais parfaitement où est amarré le bateau de Stef la Méduse.

Fondu rapide au noir, puis à l'orange : les lueurs de l'éclairage du tunnel sous le Vieux-Port donnent une teinte cadavérique au quinquagénaire aigri. Fabien Morel essaie de se persuader qu'il a mal entendu. Il enchaîne, pour changer de sujet.

— Chef, pourquoi vous avez insisté autant pour qu'on aille rendre visite à la Méduse sur son bateau ?

— La Méduse est le principal rival du Clown et toute notre équipe est sur l'entourage de Franky le Clown depuis deux jours. Aller rôder vers la tanière des prédateurs, c'est quand même le minimum qu'on puisse faire !

— Echkénazi n'avait pas l'air enchanté de votre initiative.

— C'est le moins qu'on puisse dire. Il était vert de rage.

La Renault 11 émerge de l'obscurité et longe le bassin du carénage. Le perturbé Fabien pose une paire de Ray-Ban sur son nez. Il ressemble à un crapaud. Ronaldi, concentré sur le virage mal relevé, poursuit son analyse de la situation à l'intention du batracien novice.

— Je suis persuadé que le milieu marseillais au grand complet fait bouffer Echkénazi. Entre les erreurs de procédure, les vices de forme et les dossiers qui se perdent, plus aucune enquête n'aboutit vraiment depuis que ce juif de merde est chargé des dossiers du grand banditisme local.

Le jeune Fabien est consterné. Il avait bien entendu, la première fois.

FR FRS0130 5 G 0232FRA / AFP-CP56
Divers – Guerre des gangs
Incendie criminel à la Pointe rouge.

MARSEILLE, 25 sept. (AFP). Un incendie apparemment d'origine criminelle s'est déclaré vers 14 h 30 à bord du bateau *Le Roi Tiboulen*, amarré au port de la Pointe rouge (8e).

Ce cabin-cruiser appartient à Stéphane Baldini. Egalement surnommé Stef la Méduse, longtemps donné comme principal rival de François Di Giorgio, dit Franky le Clown, dont deux gardes du corps ont été assassinés cette nuit, Stéphane Baldini est un des barons du milieu marseillais. Ce nouvel attentat dont on ne connaît pas encore le nombre de victimes marque une escalade dans la provocation et ne fait qu'accentuer le climat de violence qui agite Marseille depuis quelques jours.

tr/gr/lo
AFP 251445 SEP 97

Un spectacle agité.

Trois camions de pompiers, une foule de curieux, des plaisanciers atterrés. Une fumée épaisse monte jusqu'aux contreforts des collines de Marseilleveyre. Quelques gyrophares font encore de la figuration, mais l'ambulance appelée en urgence vient de repartir. Un photographe amateur mitraille. Les soldats du feu aspergent. Les forces de sécurité canalisent. Les mouettes rigolent.

Le message reçu dans la bagnole, par radio il y a cinq minutes, était concis mais explicite. Ronaldi et son batracien novice s'attendaient bien à découvrir cette effervescence stérile autour de la panne 3. Les deux inspecteurs du SRPJ se garent au milieu de l'immense esplanade en terre battue qui sert de parking aux riverains du port de la Pointe rouge. Un deuxième fourgon de police vient tout juste d'arriver. Quelques collègues déguisés frétillent tant bien que mal pour justifier leurs salaires. Les propriétaires des gros voiliers amarrés à proximité de l'épave du bateau carbonisé sont surexcités. Force 8 ou 9 dans leur crâne, facile.

Ronaldi s'extirpe de dessous son volant et se dirige vers Maurice, un des flics en uniforme. Il le connaît bien, Maurice. Ils étaient à la communale ensemble, à la Capelette. Ce pauvre Maurice. Flic toujours en uniforme à 51 ans, une vie ratée à cause d'un gamin mongolien dont il a fallu s'occuper. Antoine serre la main de son copain d'école.

— Qui sont les victimes ?

— Y'a pas de victime, chef !

Jovial. Le flic en uniforme est très content d'annoncer une bonne nouvelle à son copain d'enfance. L'inspecteur

Fabien Morel lui montre sa carte et engage la conversation à son tour.

— Tant mieux, ça nous change un peu.

Curieusement, Ronaldi n'a pas l'air heureux du tout de ce déficit de cadavres. Ses mâchoires se crispent. Il murmure même un « et merde » très discret que son adjoint fait mine de ne pas entendre, comme les remarques précédentes. Ronaldi s'écarte et fait quelques pas pour rejoindre un grand type bronzé, effondré, les bras ballants.

— Vous êtes propriétaire d'un des bateaux sinistrés ?

— Non. Je suis le président de la société nautique d'ici. C'est une catastrophe.

— Le bateau sinistré appartenait à ?…

— M. Baldini…

— Qui est ?

— Qui est pas là. Je l'ai aperçu ce matin tôt. Depuis, rien.

Fabien a fait un détour sur la panne. Il revient d'un pas alerte.

— J'ai trouvé un V peint sur la digue. Le même que partout. A part les bateaux détruits, tout va bien.

Le président hâlé marmonne :

— Tout va bien ? Vous connaissez le prix d'un yacht comme ceux-là ?

Ronaldi tourne les talons et repart vers sa voiture de service, lâchant une phrase définitive.

— Ils ont bien des assurances, tous ces parvenus de merde, non ? En attendant, s'ils veulent aller furer leurs radasses aux îles du Frioul, ils iront à la nage.

Fabien se fait diplomate.

— Mon capitaine est un peu nerveux, ces temps-ci. Excusez-le.

Une autre voiture banalisée arrive en trombe, occupée par trois colosses en civil qui prennent les choses en main à peine un pied par terre. Fabien leur fait un signe amical de reconnaissance, va serrer la main du plus costaud (ils étaient au collège ensemble, à Champavier) et rejoint Ronaldi.

— Vous avez l'air contrarié, chef.

Ronaldi, les yeux rivés sur les bateaux en cours d'extinction, arrive à maîtriser son timbre de voix.

— Avec l'appel radio qu'on a reçu dans la bagnole, je pensais qu'on était enfin débarrassé de la Méduse.

Fabien ôte ses lunettes de soleil. Il est lui aussi captivé par la panique qui agite le port de plaisance.

— Il n'est pas top, notre justicier !

Ronaldi marque une pause.

— Vous voulez dire quoi, Fabien ?

— Je veux dire que c'est quand même pratique pour nous d'avoir un cinglé qui s'occupe de faire le ménage à notre place.

— Le mariage vous a vraiment rendu philosophe. Vous commencez à raisonner raisonnable.

Fabien se rassoit à la place du mort de la voiture de service.

— Le seul problème avec un cinglé comme celui-là, c'est qu'aujourd'hui, il nous nettoie les trottoirs de la pègre locale et qu'aussi bien, demain, il s'attaquera de la même manière aux émigrés clandestins, aux fraudeurs fiscaux, aux politiques corrompus, aux francs-maçons, à la communauté musulmane, va savoir à qui d'autre ? Aux handicapés ?

Antoine Ronaldi, encore accoudé à sa carrosserie, observe de loin son copain Maurice débordé par les plaisanciers en colère et grommelle :

— Et alors, où est le problème ?

Cette fois-ci, le déconcerté Fabien n'a heureusement pas entendu son supérieur. Affairé à noter ses dernières observations sur son petit bloc-notes, il n'aperçoit pas non plus les deux silhouettes qui se profilent dans le rétroviseur latéral. Ronaldi est prêt à s'avachir sur le siège déformé de sa voiture de service lorsqu'une voix sévère l'interpelle.

— Vous êtes flics ?

Ronaldi se retourne. Et hallucine.

Deux hommes se tiennent là, l'air grave. Habillés classe et chaussés hors de prix, les deux interlocuteurs de l'inspecteur Antoine Ronaldi sont grands, minces et distingués. Ils n'ont rien d'une méduse ou d'un clown et pourtant… François Di Giorgio et Stéphane Baldini sont bien là, en chair et en os. La Méduse prend la parole.

— Vous travaillez sous les ordres du procureur Echkénazi, non ?

Ronaldi, soufflé, ne répond rien.

— Nous aimerions le rencontrer rapidement. Si vous pouvez lui faire passer le message.

Le Clown est nerveux.

— Quelqu'un essaie de nous tuer. En qualité de témoins dans des informations judiciaires en cours, nous avons droit à une protection rapprochée.

Fabien ressort de la voiture, dévisageant les deux nouveaux venus.

— Pouvez-vous décliner vos identités, s'il vous plaît ?

Le Clown et la Méduse se regardent en souriant. Le Clown ouvre soudain des yeux ronds comme des billes, pour les refermer aussitôt. Ce tic incontrôlable l'a fait ressembler pendant deux secondes au Pierrot de l'affiche du cirque Bouglione. Il s'approche du jeune inspecteur.

— Vous êtes sans doute nouveau dans ce service. Personne ne nous a jamais demandé nos papiers, jeune homme.

Dédaigneux, le clown Di Giorgio désigne Ronaldi du doigt.

— Le gros, là, sait très bien qui nous sommes. Vous n'avez qu'à lui demander.

Antoine Ronaldi se rebiffe, vexé.

— Si le gros peut vous donner un conseil, ne roulez pas trop des mécaniques, messieurs. Quand on a un tueur au cul, on se fait discret. Qu'est-ce qui vous pousse à vous croire menacés ?

La Méduse montre son bateau de luxe qui s'envole en fumée.

— Si ça c'est pas une menace ! En plus on l'a vu, le tueur...

Ronaldi profite de l'énervement de Stéphane Baldini pour enfoncer le clou.

— Nous ne sommes pas à l'endroit idéal pour enregistrer une déposition. Venez à mon bureau en fin d'après-midi, nous...

Le Clown intervient.

— Attends, le gros ! Tu sais qui on est, quand même ? Alors tu nous la joues pas.

Ronaldi fait face à Di Giorgio et reste d'un calme sénatorial.

— Je vois à peu près à quel genre de fifres j'ai affaire. Or donc, vous avez vu le tueur ?

La Méduse, stressé, reprend la parole en bafouillant.

— Et comment !

Stéphane Baldini montre une 306 GTI grise à vitres teintées garée le long de la digue.

— On discutait tous les deux dans la Peugeot de Franky, là, quand on a vu débarquer une camionnette noire, un truc moderne genre fourgon Citroën. Un mec en est sorti et a péniblement enjambé le grillage. Il a couru sur la panne et a lancé une bouteille sur le pont de mon bateau. Les flammes ont immédiatement envahi le...

— Vous pouvez me décrire l'homme ?

— Assez gros, votre corpulence, entièrement vêtu de noir. Il portait un masque noir sur les yeux...

— Et il est monté sur un cheval noir alors qu'un éclair zébrait le ciel. C'est pas bien de se moquer de la police, même quand on est cul et chemise avec ses chefs.

Ronaldi leur tourne le dos et se remet au volant.

— Messieurs !...

Il met le moteur en marche, ouvre sa vitre et s'adresse à

nouveau aux deux truands plantés comme des andouilles
sur l'esplanade.

— Le Clown et la Méduse, c'est ça ? Je ferai passer le
message au procureur Echkénazi. En attendant, si vous
voulez faire une déposition, je suis à mon bureau tout
l'après-midi. Vous n'avez qu'à demander « le gros », à
l'Evêché.

Jeudi 25 septembre, trois heures de l'après-midi.

Je viens d'entendre les infos à la radio.

Les tuyaux de M. Antoine sont des tuyaux en bois. Contrairement à ce qu'il racontait sur son télégramme, il n'y avait personne sur le bateau de la Méduse.

C'est bien ce qui me semblait lorsque j'ai lancé le cocktail Molotov dans la cabine. Ça ne bougeait pas à l'intérieur. C'était le bon bateau, mais ça s'arrête là.

M. Antoine me promène. Un justicier des temps modernes ne peut pas se permettre d'avoir de mauvais indics. Il faut que je le retrouve pour l'éliminer rapidement. On ne rigole pas impunément avec le représentant du nouvel ordre.

En attendant, je vais continuer ma mission de défense des intérêts et des biens des honnêtes citoyens.

Ministère de l'Intérieur
Relevé d'écoute téléphonique.
Autorisation n° 234 A 13 D 456
délivrée par le juge Tolosane.

relevé SOCOMEC
Ecoute effectuée au domicile de M. Di Giorgio
François, dit Franky le Clown
N° 04 91 45 90 98

Jeudi 25 septembre 1997, 16 h 33
3 sonneries.

Correspondant : Je suis bien chez M. Di Giorgio ?

Di Giorgio : Qui le demande ?

Correspondant : L'ami d'un ami.

Di Giorgio : Si c'est une plaisanterie...

Correspondant : M. Echkénazi veut bien vous rencontrer.

Di Giorgio : Echkénazi ? Mais il est fou, c'est pas la procédure normale... Je...

Correspondant : Les temps changent. Un rendez-vous à trois, demain matin, dix heures, devant les silos Storione.

Di Giorgio : Dites à votre ami Echkénazi qu'il est taré de se servir de cette ligne pour m'appeler. Je...

Le correspondant raccroche.

Jeudi 25 septembre 1997, 16 h 34

Antoine Ronaldi se balance sur son fauteuil, une feuille de papier dactylographiée coincée entre deux doigts, satisfait. A l'autre bout de la pièce, penché sur son bureau, Fabien pointe sur un listing une série d'articles qu'il entoure de rouge. Il se distrait un court instant de sa tâche fastidieuse pour apostropher le quinquagénaire ventripotent.

— On ne devait pas faxer tous les relevés d'écoute téléphonique à Echkénazi ?

Ronaldi est obnubilé par cette transcription récupérée il y a deux minutes à peine.

— Cette conversation-là, je vais aller lui raconter de vive voix.

— Qui a appelé le Clown, cette fois ?

— Un correspondant anonyme, depuis une cabine.

Fabien sourit.

— C'est marrant, sur la liste de mariage, Vanessa avait mis un téléphone où on voit sur un écran le numéro de celui qui vous appelle.

Le jeune marié prend tout d'un coup un air sérieux, responsable.

— Mais j'ai été intransigeant. On va prendre un portable simple pour la maison, désormais c'est moi qui décide.

Ronaldi se dégage péniblement de son siège.

— C'est bien ! Il faut toujours faire comprendre aux femmes qui est le chef à la maison, Fabien. Vous m'amèneriez au palais de justice d'un coup de bagnole ?

— Bien sûr, chef.

Le « novi » referme sa liste de mariage qu'il fourre dans un tiroir déjà bien encombré.

— Vous avez été marié, chef ?

Antoine Ronaldi ouvre la porte, croisant deux autres inspecteurs de son équipe qui rentrent épuisés par deux jours de planque stérile. Ronaldi questionne :

— Alors, rien ?

Les deux lieutenants blafards ne répondent pas, ils acquiescent d'un mouvement de tête résigné. Ronaldi jubile :

— Je vous l'avais dit ! Trois fois je vous l'ai dit : planquer la famille Ayache ne sert à rien, ils sont dix fois plus rusés que vous. Je fais un saut place Montyon avec le lieutenant Morel…

Les deux inspecteurs entrent dans le bureau sans répondre. Une fois dans le couloir, Ronaldi referme la porte en poursuivant :

— … Et la réponse est oui, Fabien.

— … ?

— Oui, j'ai été marié. Mais ça n'a pas duré longtemps.

— Elle est partie, ou c'est vous ?

— Elle est morte. Un suicide.

Cette révélation déclamée sur le même ton que le reste de la conversation cloue le bec au jeune marié. L'obèse précise sans frémir :

— Elle s'est pendue.

Fabien n'avait jamais osé aborder le sujet avec Ronaldi. Il n'en causera plus, c'est clair.

Antoine Ronaldi gravit les quelques marches d'accès au nouveau palais de justice en respirant bruyamment. L'inspecteur principal relit une dernière fois son précieux relevé d'écoute, puis le déchire et range les morceaux dans la poche de sa veste. Escalier, ascenseur, escalier, couloir, escalier, couloir. Arrivé au bout du couloir, Ronaldi ne frappe pas à la porte et entre directement. Le volumineux officier de police judiciaire essoufflé se plante devant la table de travail en bois rare d'Echkénazi. Le fringant procureur relève la tête, agacé :

— Vous pourriez frapper, capitaine Ronaldi !

— J'aimerais bien mais je ne peux pas. Si je frappe un représentant de l'autorité judiciaire, je perds des points de retraite.

Echkénazi, dédaigneux, replonge dans sa lecture appliquée des quotidiens locaux.

— L'humour ne vous va pas bien, Ronaldi. Alors ?

— Alors j'ai vu le renard et la belette.

Excédé, le procureur relève la tête.

— Ronaldi ! Bordel !

— Non, je déconne. J'ai vu le Clown et la Méduse.

Echkénazi se lève d'un bond.

— Qu'est-ce que c'est que cette histoire ?

— A la Pointe rouge, à proximité de l'épave. Vous pouvez demander à l'inspecteur Morel qui m'attend dans la bagnole, il était avec moi cet après-midi.

— Et vous leur avez dit quoi ?

— Moi, rien. Je n'aurais pas osé vous mettre dans une situation désobligeante. Par contre, eux m'ont laissé un message pour vous. Ils montent une association à but lucratif. Et ils aimeraient avoir votre aval.

— Vous n'êtes pas drôle du tout, Ronaldi. Sortez de mon bureau.

— Demain matin, dix heures pétantes sous le silo Storione.

— Cassez-vous, Ronaldi.

— Vu la gueule qu'ils tiraient, je serais vous, j'irais au rendez-vous.

Echkénazi hurle :

— Sortez !

Ronaldi sort. Souriant.

Jeudi 25 septembre, quatre heures de l'après-midi.

Mon aide de camp commence à l'avoir mauvaise.

Il a les glandes, le sourd-muet.

J'ai compris à sa tronche qu'il aimerait bien avoir un retour de bénéfices. Il m'a fait toute une pantomime avec : Bernard qui tire et qui flingue et qui est content, Bernard qui récupère du pognon et du matos à revendre et qui est content, puis Bernard qui conduit et qui attend que j'aie fini de faire le ménage chez les voleurs d'autoradios et qui gagne pas un rond et qui est pas content du tout. J'ai compris tout ça d'un seul coup.

Si seulement je savais où trouver ce M. Antoine, j'aurais bien confié le contrat à mon sourd et muet, pour le calmer. Gros comme il est, il doit être difficile à louper, M. Antoine. On sonne…

Antoine Ronaldi grimpe péniblement les marches qui le mènent à la place des Treize-Cantons. A bout de souffle, il tombe nez à nez avec Biche qui lui tire immédiatement la gueule. Biche n'aime vraiment pas Ronaldi. Le patron du bar des *Treize Coins* recule d'un pas dans sa boutique vide. L'inspecteur lui tend une enveloppe blanche.

— La pute d'hier va revenir, ce soir.

Le patron du bar ne réagit pas, agacé. Ronaldi insiste.

— Donnez-lui ça, de ma part.

Biche prend la lettre du bout des doigts et part vers son comptoir.

— Tu devrais lui foutre la paix, à cette petite. C'est une brave fille.

— Une gamine qui se vend pour de l'argent, pour moi, c'est une pute.

— Un gros flan qui se prend pour le mètre-étalon de la morale publique, pour moi, c'est un crétin. Et entre un crétin et une pute, je ne me pose même pas la question de qui est le héros de l'histoire.

Biche pose tout de même l'enveloppe derrière son zinc.

— Je lui ferai passer, Ronaldi. Parce que c'est elle et que je l'aime bien. Mais si désormais tu peux te trouver un autre rade que le mien pour tes rendez-vous d'affaires, je serai assez content. Tu n'es plus le bienvenu, Ronaldi.

L'inspecteur ne relève pas la remarque acerbe du patron du bistrot. Il redescend l'escalier et se glisse derrière le volant de sa voiture de service.

Jeudi 25 septembre, quatre heures et quart.

C'était la grosse du rez-de-chaussée.
Elle était furibarde. Elle m'a déblatéré des conneries sur les facteurs pendant cinq minutes sans reprendre son souffle. Son coup de sonnette insistant a déchaîné ses molosses qui n'ont pas arrêté eux non plus pendant toute l'entrevue.
La grosse a terminé sa démonstration en hurlant que mes télégrammes, j'avais qu'à aller les chercher à la poste en fin de semaine, comme ça le facteur emmerderait pas son mari qui travaille la nuit. Et qui dort le jour. Et qui a besoin de dormir parce que lui, il travaille. Elle m'a traité une fois de plus de gros enculé pour conclure, au moment où son veilleur de nuit de mari déboulait sur mon palier, les yeux cernés, le teint jaune, en lui demandant si elle l'avait appelé. Elle lui a hurlé que non et l'a traité d'enculé. Le couple infernal est redescendu dans son zoo.
Il faudra que je demande à mon sourd et muet si dans son bric-à-brac de contre-bande, il n'a pas un dico, pour offrir à notre voisine d'en dessous, pour lui donner un peu de vocabulaire. J'ai décidé d'aller en ville, pour… On sonne encore. Merde.

— Je peux ?

— Ah ben ça alors… Euh, oui, je… Je vous en prie.

Le vigile au chômage en reste con. Antoine Ronaldi profite du désarroi de son exécuteur de basses œuvres. Il entre.

— Merci.

Ronaldi passe directement dans le salon de Patrice Martinez et s'assoit sur une des deux chaises en pin. L'inspecteur s'empare du bandeau noir troué abandonné en vrac sur la table et joue distraitement avec, amusé.

— Je suis désolé pour cet après-midi. Les deux hommes n'étaient pas sur le bateau.

Epaté par cette apparition inattendue, le vigile n'arrive pas à articuler deux mots cohérents. Il vient s'asseoir en face de son informateur, essayant de faire couiner sa chaise le moins possible sur le lino. M. Antoine enchaîne, durcissant le ton.

— Le Clown et la Méduse étaient sur la digue à côté, Patrice Martinez ! Vous auriez pu vérifier avant de jeter votre cocktail Molotov. Vous faites un peu amateur, comme justicier.

Patrice Martinez n'en revient pas. Non seulement l'homme qu'il avait décidé de rectifier peu de temps avant est là, en chair et en os devant lui, mais en plus, cette vermine vient chez lui pour le traiter d'amateur. Le vigile essaie une réplique :

— C'était pour aller plus vite…

— Votre argument n'est pas valable, Patrice Martinez. J'avais une certaine considération à votre égard, au moins sur le fond. Mais sur la forme, il y a beaucoup de détails qui laissent à désirer. Vous ne les regardez donc pas au fond des yeux ?

— Qui ça ?

— Vos cibles, Patrice Martinez ! On regarde toujours une cible jusqu'au fond de l'âme avant de la tuer. Vous ne le faites pas ?

— Ben… Des fois…

— Mauvaise réponse, Patrice Martinez. Un être humain, ou proche de l'humain, a besoin de comprendre à qui il a affaire avant de mourir, et pourquoi il va mourir. C'est aussi dans votre rôle de justicier d'expliquer votre tâche aux yeux de celui que vous allez éliminer. Pensez-y la prochaine fois.

Patrice Martinez ne trouve pas la moindre syllabe à expectorer. Ce gros le subjugue. C'est peut-être ça, avoir l'étoffe d'un grand caïd. Une question de charisme.

M. Antoine se relève et va entrouvrir le rideau pour observer la passerelle de Plombières, juste au-dessus. Les travaux de regoudronnage des voies se poursuivent dans un bruit infernal et une fumée pestilentielle. Le flot de circulation s'écoule avec une lenteur monacale. M. Antoine se retourne vers le vigile.

— Vous avez tout de même une chance de vous rattraper, Patrice Martinez. Demain matin, à dix heures, sous les silos Storione. C'est à Saint-Mauron, pas très loin d'ici. Vous pourrez compléter efficacement votre œuvre salutaire : la Méduse et le Clown seront là, a priori dans une 306 GTI grise, avec un complice, un grand type aux yeux clairs et froids. Vous avez commencé un travail nécessaire, essayez au moins d'aller jusqu'au bout.

M. Antoine jette le bandeau en chiffon sur la table et se dirige vers le hall d'entrée.

— Et n'oubliez pas, monsieur Martinez, regardez-les dans les yeux, toujours ! Afin qu'ils comprennent.

La porte claque.

Jeudi 25 septembre à six heures du soir.

J'ai pu le suivre jusqu'à chez lui.
Enfin, je suppose que c'est chez lui.
Il avait à peine tourné le coin du boulevard de Plombières que j'ai enfourché
mon cyclo. Je l'ai rapidement repéré dans
sa vieille R11. Pas facile de rester discret sur mon deux-roues pétaradant. Mais
sa Renault faisait tellement de bruit
qu'il n'a rien vu, rien entendu.
C'est pas une voiture de caïd. La poubelle de M. Antoine me ferait plutôt
penser à une voiture banalisée des flics.
Flic ou truand, peu importe, maintenant je
sais où il crèche.
Pas très loin d'ici, finalement. Pas
loin de la caserne de pompiers du boulevard de Strasbourg, au 37 rue Hoche. J'ai
étudié les noms collés sur les sonnettes.
Le seul prénom commençant par A, c'était
avant Ronaldi, comme nom. A. Ronaldi.
Antoine Ronaldi, à tous les coups. C'est
forcément lui. Au troisième étage.
Il va payer, Antoine Ronaldi.
Il est venu me narguer. Chez moi.
On ne plaisante pas avec le justicier
des temps modernes. Ma vengeance va être
terrible. Et quand je l'aurai en face de
moi, je ferai comme il m'a dit, je le re-

garderai droit dans les yeux et je l'abattrai. Pour qu'il comprenne qui je suis.

Pour qui il se prend, ce gros !

Je vais aller récupérer mon aide de camp pour faire une virée nocturne dans les quartiers chauds. La justice en marche doit pas s'arrêter là.

« Zorro. Zorro… Soldat rusé qui fait sa loi…

Vainqueur : tue-les à chaque fois ! »

— Je peux me rhabiller ?

L'homme reste muet. La gamine se redresse, prenant appui sur ses coudes.

— Vous voulez essayer encore ?

L'homme, debout, serre les dents. Une veine gonfle sur son front transpirant. Il ne répond toujours pas. Elle insiste :

— Ça vous fait toujours ça ? Ça ne m'étonne pas.

Les ressorts du sommier grincent alors qu'elle s'assoit sur le bord du matelas.

— Et vous voulez que je vous dise ? C'est même pas une question d'obésité. J'en ai vu des plus gros que vous qui étaient de vachement bons amants. Non, vous, c'est dans la tête.

L'homme détourne son regard du corps somptueux de la petite et le pose sur l'effrayante photo encadrée au-dessus de son lit.

— Je peux partir maintenant, on est quittes ?

Devant l'absence complète de réaction de l'homme planté en face d'elle, Sandrine se lève d'un bond. Elle enfile son pantalon serré à même la peau, boutonne sa chemise en soie rouge et attache ses tennis de toile sans lâcher son client du regard.

— Vous devriez essayer un autre registre. La haine, c'est pas un bon plan. Ça rend impuissant. *Anyway !*

La réponse est immédiate. Il éructe.

— Casse-toi, salope !

Sandrine Aslan laisse son client seul dans sa chambre, nu comme un ver, un sexe filiforme pendant misérablement entre ses cuisses grasses. Elle tire silencieusement la porte palière et descend les marches quatre à quatre. Sandrine

Aslan se retrouve sur le trottoir de la rue Hoche, soulagée mais terriblement angoissée. Aucun de ses clients ne lui avait jamais hurlé avant une passe : « Je vais t'enculer, salope de juive ! »

Jeudi 25 septembre, il est dix heures du soir et j'ai un problème.

Un premier obstacle sérieux sur la route glorieuse de la justice en marche.

Le Bernardo du vrai Zorro était muet. Simplement.

Le mien est muet et sourd. Et blessé, ce con.

Il n'a rien entendu quand je lui ai crié : « Il y a un bronzé avec un canif derrière toi. » Il s'est tourné et s'est pris le couteau dans le bide. Et il a crié lui aussi.

Mais ça n'a pas fait de bruit.

J'ai conduit la camionnette au retour. J'ai posé Bernard chez lui. Il était tout pâle, il transpirait à grosses gouttes. Je lui ai versé de l'alcool sur le bide, de l'alcool dans la gueule. A présent, il est sur son lit, au milieu de son bordel de contrebande. Je l'ai bourré de cachets. J'irai le voir tout à l'heure.

C'est une histoire à pas de chance. Mais c'est peut-être aussi un coup à la Providence.

On était en route vers le Merlan. Les parkings de grandes surfaces, ça fait bien de l'usage pour les justiciers des temps

modernes.. Celui du Carrefour du Merlan,
c'est un terrain de chasse privilégié, une
véritable réserve.

On s'est retrouvés à longer la fabrique
des dattes, le long du boulevard
Villecroze. Et là, sur le trottoir en face
de Micasar, une vieille qui attendait le
31 à l'arrêt du bus se fait embarquer son
sac à main par deux bronzés en Vespa.
Comme elle lâchait pas, elle s'est
retrouvée à se faire traîner sur le
bitume. Sur au moins vingt mètres, la
pauvre vieille. J'ai montré la scène de
rodéo à Bernard qui a accéléré et foncé
vers les bronzés.

On les a coincés sous le pont juste
avant l'église de Saint-Barthélemy, à côté
de la petite gare désaffectée. Les bronzés
se sont viandés avec leur MBK. Le conducteur s'est ramassé dans les graviers et
s'est refait le portrait quand son deux-
roues lui est passé dessus, la roue
arrière emballée à fond. L'autre bronzé,
celui avec le sac de la vieille, a fait
trois foulées pour enjamber la barrière et
se casser en suivant la voie ferrée vers
Aix. C'est tranquille, y'a jamais un train
qui passe sur ces rails-là. Je dois commencer à être balèze au tir.

Une balle. Raide mort sur le talus, dans
un nuage de poussière, comme dans les wes-
terns. Le .45 ACP, c'est pas un calibre de
pédé.

J'ai mis mon masque noir pour aller
récupérer le sac. La vieille se traînait à
gémir par terre, un peu plus bas dans le

boulevard. Peut-être dix bagnoles sont passées. Dégun s'est arrêté. Même pas ils ont freiné.

En revenant vers le fourgon, j'ai vu le conducteur de la Vespa se relever, bien esquinté, la gueule en sang. Une plaie ambulante.

La plaie ambulante a couru vers Bernard, un cran d'arrêt à bout de bras. J'ai crié mais ça n'a rien fait. Le bronzé a planté Bernard. J'ai séché le bronzé d'une balle dans la tête, pour lui apprendre.

Après coup, je me suis posé la question que ça ne lui avait rien appris.

En repartant, j'ai lancé son sac à la vieille. Il lui est tombé sur le bide, elle n'a pas bronché d'un pouce, toujours allongée raide dans son caniveau. J'ai pas insisté. Mon sourd-muet se tordait de douleur, assis à la place du passager. Mon associé a eu un hoquet et le petit carnet a atterri sur le plancher.

Ce putain de petit carnet.

Parce qu'il y a toujours ce même détail qui me chiffonne dans le comportement de mon sourd-muet. Le temps que je m'occupe du fuyard au sac à main, Bernard avait écrit sur le carnet : « et pourquoi on le garde pas, le sac à la vieille ? »

C'est pas moral.

C'est comme tout son fourbi, là-haut, c'est pas trop légal.

C'est comme son trafic de drogues en tout genre… Un justicier, pour être efficace, c'est sans reproche. Donc sans magouille.

C'est peut-être la Providence que
Bernard s'est fait déquiller lui aussi. Je
vais quand même aller le revoir avant de
me coucher.

La journée de demain s'annonce délicate.

La Provence, *édition du vendredi 26 septembre 1997*

Titre sur quatre colonnes, une demi-page, avec photo couleur de la voiture taguée des retraités sur le parking d'Ikea Vitrolles

QUI EST LE JUSTICIER MASQUE ?

Les jours se suivent et se ressemblent. Un adolescent connu des services de police pour vol à la roulotte a été tout bonnement exécuté en plein larcin. Selon les premiers témoignages, l'apprenti justicier était masqué, à la manière de Zorro et armé d'un pistolet de gros calibre. Cet acte de justice sommaire a été une fois de plus signé d'un V peint à la bombe sur les lieux du méfait.

La Provence, *édition du vendredi 26 septembre 1997*
Editorial

Qui se cache derrière le justicier masqué ? Un individu animé d'un besoin de justice expéditive, un groupuscule armé d'extrême droite ? C'est la question que se posent les services de police depuis quarante-huit heures. Les cadavres s'accumulent sur les trottoirs et les forces de l'ordre n'ont toujours pas de réponses logiques à cette hécatombe systématiquement signée d'un grand V peint à la bombe.

Devant la lenteur de l'institution judiciaire et le nombre croissant d'affaires non élucidées, on peut

comprendre le ras le bol de certains de nos conci-
toyens. Mais le passage à l'acte est toujours surpre-
nant. L'exécution sommaire d'un voleur à la roulotte,
hier matin, sur le parking d'une grande surface, porte
à huit le nombre de victimes taguées en trois jours
par ce justicier des temps modernes. Ces actions ont
été revendiquées par des tracts anonymes de provenance douteuse.

Le plus étonnant dans cette étrange affaire reste la
diversité d'origines des victimes. Des seconds couteaux appartenant à des clans rivaux, connus dans le
milieu marseillais, deux voleurs à l'arraché, un patron
de bar louche, un voleur à la roulotte, on a du mal à
suivre une logique dans cette ribambelle de victimes.

L'hypothèse d'un groupuscule d'extrême droite
appliquant une justice expéditive n'est pas non plus à
écarter. La montée de l'exaspération populaire devant
le manque de résultats de la police « officielle » aurait
trouvé là une réponse radicale, brutale mais dange-
reuse, en raison des dérapages toujours à craindre
dans le climat de violence actuel. L'avenir nous dira
sans doute la part de folie et la part de vengeance
mesurée de cette étrange histoire.

Le Figaro, *édition du vendredi 26 septembre*
Rubrique : faits divers

Etrange affaire de justice expéditive à Marseille. Les
cadavres s'accumulent depuis quelques jours sur les trottoirs
de la cité phocéenne. Aucun élément ne semble lier ces exé-
cutions sommaires, systématiquement signées d'un V ven-
geur à la bombe de peinture. Des citoyens anonymes
auraient-ils décidé de prendre leur sécurité en main ? C'est

150 TUE-LES, A CHAQUE FOIS

plus que probable. Ces éliminations radicales de personnages connus pour leurs actions hors la loi ont été revendiquées par un mystérieux correspondant s'exprimant par lettres anonymes. Cette remise en ordre de la sécurité au quotidien par d'autres moyens que ceux mis en place par nos institutions a peut-être une meilleure chance d'aboutir à des résultats probants. L'avenir nous le dira.

Vendredi 26 septembre 1997, neuf heures du matin.

Une bande d'imbéciles.
Les journalistes sont des imbéciles. Comment peuvent-ils croire un seul instant que je suis un groupuscule d'extrême droite ?
Je suis le justicier des temps modernes.
J'ai été jusqu'à la cabine de la Belle de Mai pour téléphoner à ces imbéciles. Tout ce que le standardiste a été foutu de me dire, c'est : « Rappelez cet après-midi. Le matin, y a dégun ».
Imbéciles.
Ils vont voir. Moi, le matin, je suis là !
Et d'ici cet après-midi, ils vont en rater, des scoops.

Lettre portée aux conciergeries de La Provence, *le vendredi 26 septembre vers neuf heures trente.*

soldat rusé qui fait sa LOI

VAINQUEUR,

TUE LES A CHAQUE **FOIS**

MON NOM, **JE LE SIGNE** D'UN V

QUI VEUT DIRE **VICTOIRE**

V

Préfecture de police, commissariat central.

Déposition de Simon Cabret

Le témoin déclare :

Je suis directeur de la maison de retraite *Les Tilleuls*, à La-Penne-sur-Huveaune. Nous recevons régulièrement du courrier pour Mme Marie Martinez de la part de son fils Patrice Martinez. Je n'avais jusqu'à présent jamais trop fait cas de ces envois postaux, ce phénomène se répétant fréquemment, un peu comme un besoin psychotique de faire survivre nos chers disparus. En effet, Marie Martinez est décédée il y a maintenant six mois. Elle a été enterrée dans la solitude la plus complète. Je prenais jusque-là cette correspondance posthume comme un besoin de se rattraper de la part de son fils. La situation familiale des Martinez est un peu particulière, Mme Martinez a eu son fils à l'âge de 47 ans, et l'a élevé seule.

Hier matin, un détail qui pourra peut-être vous intéresser m'a interpellé. L'enveloppe destinée à Mme Martinez était remplie de coupures de presse relatant les méfaits de ce justicier masqué cinglé qui opère dans Marseille depuis le début de la semaine. Patrice Martinez se réclame être ce justicier. Nous le connaissons comme un adulte fragile psychologiquement, et je le vois mal jouer les Zorros, mais peut-être cette information vous sera d'une quelconque utilité.

Je reste à votre disposition.

Fait à Marseille, le vendredi 26 septembre à 9 h 15.

Déposition enregistrée par l'inspecteur Fabien Morel.

— On aurait dû aller à la villa *Mon rêve*.

L'outré Fabien est plongé dans l'embarras et dans une facture complexe car détaillée. Il peste. Il ne lève même pas la tête quand son chef rentre dans le bureau, la gueule à l'envers, pas rasé, ses rares cheveux en bataille. Il est dans un état, Ronaldi ! Décomposé. Le révulsé Fabien poursuit :

— Je leur avais bien dit, à mes beaux-parents, qu'il fallait tout se faire préciser. Le champagne, les suppléments, les heures de serveurs après minuit…

Ronaldi s'effondre sur sa chaise qui en agonise. Tout en reprenant son souffle, il découvre les coupures de presse et la déposition toute fraîche posées sur son sous-main.

— C'est quoi, ce merdier ? Qui a fait cette déposition ?

— Un gars d'un centre pour les vieux. Il est passé spontanément ce matin. Intéressant, non ? J'ai vérifié. Ce Patrice Martinez habite 92 boulevard de Plombières.

L'espace d'une seconde, Antoine Ronaldi se découvre pris au piège. Fabien Morel a un sourire ironique :

— Patrice Martinez, c'est bien lui, le gars que vous êtes allé voir l'autre matin, non ?

Paniqué, le gros ne trouve pas d'excuse crédible. Le flatteur Fabien conclut :

— Vous avez un de ces flairs, chef !

La remarque n'est pas ironique. Pas du tout. Le novice Fabien est réellement épaté par le métier d'Antoine Ronaldi. Epoustouflé, même. Aucun soupçon sur une quelconque relation entre son chef et le justicier amateur. Soulagé, Ronaldi appuie lentement son crâne contre la vitre mais réfléchit à toute blinde. Patrice Martinez est donc démasqué. Grillé, le providentiel exécuteur des basses œuvres. L'heure de l'hallali a peut-être sonné pour son justicier amateur.

Un coup d'œil vers le mur. A la place des dobermans souriants en quadrichromie, l'agité Fabien a accroché un agrandissement de sa photo de mariage officielle, celle prise par le vrai photographe professionnel, au palais Longchamp, avec les demoiselles d'honneur grimaçantes, les jets d'eau en pleine éjaculation, un autre mariage de dos sur la pelouse d'en face en train de se faire prendre en photo par un autre photographe professionnel, le soleil qui fait plisser les yeux de tout le monde et le gros flash professionnel du photographe professionnel qui donne une gueule cadavérique au jeune couple nageant dans le bonheur et la sueur. Ronaldi a beaucoup de mal à retenir une réaction désobligeante. Son regard va de la grosse Vanessa en robe blanche à son mari affairé sur la facture des salons pour noces et banquets *Le Moulin bleu*.

Le convulsé Fabien a de plus en plus de mal à se concentrer. Il se tortille sur sa chaise, une main appuyée sur son entrejambe, une soudaine grimace en travers de la figure. Il marmonne, gêné :

— Ce serait bien que je repasse à la maison, ce matin.

Ronaldi esquisse une moue de satisfaction vite réprimée.

— La Yohinbine, c'est ça ? Ha ! Ça peut vous provoquer un de ces effets ! Une mauvaise réaction et vous pouvez bander pendant deux jours non-stop.

— C'est vous qui m'avez dit que je pouvais doubler les doses. Et là, c'est un peu terrible. Comme Vanessa ne travaille pas, ce matin, je pensais que je pourrais aller…

Le téléphone frétille. Ronaldi doit donner un coup de reins pour faire basculer son fauteuil vers l'avant. L'obèse représentant des forces de l'ordre décroche au bout de trois signaux sonores stridents. Quelques secondes d'explications de son interlocuteur suffisent. Un franc sourire disperse les traces de déprime et de fatigue sur son faciès enflé par une soirée de pizzas royales chez Etienne, une indigestion de chocolats liégeois et une nuit d'insomnie.

— Nous arrivons immédiatement.

Le priapique Fabien lève la tête vers son supérieur, inquiet.

— Un problème, chef ?

— Oui et non.

Antoine Ronaldi est agité d'un tremblement nerveux. Il tape du poing sur son bureau pour se calmer et sort un mouchoir pour s'éponger le front. Reprenant calmement sa respiration, Ronaldi se relève lourdement.

— Il a eu le Clown.

— Qui donc ? La Méduse ?

— Pas du tout. Il a eu la Méduse également. C'est un coup magistral.

— C'est notre justicier amateur ?

— Ce n'est pas un amateur, Fabien. Ce Patrice Martinez est un fou furieux. Prévenez le GIPN. Je suis désolé pour vous, mais vous pouvez déjà prévenir votre femme que vous ne rentrerez pas avant ce soir tard.

Le crispé Fabien compose à regret son numéro personnel alors que la porte s'ouvre sur l'inspecteur Lebèque effondré.

— Ronaldi, ils ont eu Echkénazi aussi.

— Pas de chance, Lebèque. Vous n'aurez donc plus personne pour faire sauter les contraventions de votre beau-frère.

Vendredi 26 septembre, onze heures.

C'est pas de la tarte de faire justicier.

Le plus dur à gérer, c'est les imprévus.

Ça me gonfle. Alors que ça aurait pu être un grand moment, j'ai bâclé.

Je suis arrivé rue de la Chapelle un peu avant dix heures. J'avais décidé d'y aller en mob. En passant par le Toursky et Bellevue, c'est pas loin. J'ai garé mon deux-roues à la station-service, derrière la rangée de bonbonnes de gaz, à l'abri des regards.

Ça s'annonçait déjà pas terrible, au niveau des imprévus. Une dizaine de petits Blacks s'amusaient devant la porte de leur taudis avec des vieux cartons récupérés dans les poubelles. Va essayer de faire justicier avec des minots dans les jambes.

A part les petits Blacks qui piaillaient, le coin était d'un calme étonnant. Un semi-remorque garé d'un côté de la rue, quelques vieilles voitures, limite épaves mais bien astiquées, alignées le long des façades de briques rouges et de pierres taillées blanches, ce bruit continu de la semoulerie qui ronronne, un chat qui traverse en courant, un amalgame de pigeons perché sur les structures métalliques des silos, et sinon dégun.

Le grand type était déjà là, debout à attendre à côté d'une Audi flambant neuve, au pied du silo géant. Un drôle d'endroit, ce silo. Un bâtiment haut comme un immeuble de dix étages, fait de cinq gros tubes de béton, au milieu d'un des quartiers les plus zones de Marseille, entouré d'une semoulerie divisée en plusieurs bâtiments cubiques, certains construits au début du siècle, d'autres dans les années soixante-dix, le tout cerné par les façades arrière minables de maisons d'ouvriers d'entre les deux guerres.

On se serait cru devant une publicité pour des fringues de grand couturier : ce grand mec propret habillé très cher devant une bagnole de luxe dans un décor pourrave. Il avait l'air tendu, le grand. Et c'est vrai qu'il avait le regard froid, ce complice-là. J'aurais dû plus précisément demander à M. Antoine qui c'était, ce type à la gueule de play-boy.

J'ai appelé un des petits Blacks sur le trottoir. Je lui ai demandé de se casser parce que la police allait arriver. Le minot m'a rétorqué : « La police, on s'en cague, m'sieur. »

J'ai pas insisté. Tant pis s'il y a des bavures.

Je me suis pas trop avancé vers le grand aux yeux clairs. J'ai profité de la remorque du camion porte-container pour me planquer. L'affiche de mode regardait sa montre sans arrêt, inquiet.

Un bahut tapissé d'autocollants « Banette » est sorti de l'usine dans un grand vacarme. Son passage dans la rue a dispersé les petits Blacks (en fait, c'est surtout le nuage de diesel qui a suivi qui les a fait se casser). Ils ont disparu comme des moineaux. L'endroit est redevenu d'un calme plat.

Puis une 306 comme celle décrite par M. Antoine est arrivée par la traverse Magnan, en face. Elle s'est garée juste derrière l'Audi du grand mec. Le conducteur en est sorti, l'air stressé lui aussi. J'ai mis deux secondes à reconnaître Franky le Clown. Le type resté assis dans la bagnole devait être la Méduse, forcément.

Planqué derrière mon camion, j'ai tendu l'oreille. C'était pas la peine parce que le ton est monté très vite. Le Clown a engueulé le grand aux yeux froids parce qu'il s'était servi de sa ligne téléphonique normale pour leur donner rendez-vous. Le grand l'a traité de connard en lui répondant que c'était lui, le Clown, qui lui avait donné ce putain de rendez-vous. Engatse à tous les étages. Je me suis dit que c'était le moment ou jamais d'attaquer, en profitant de leur panique.

Je me suis fait une dégaine de passant normal, les mains dans les poches.

Dès qu'ils m'ont vu débouler sur le trottoir d'en face, ils ont fermé leurs gueules en attendant que je disparaisse au coin de la rue suivante. A la place de mon masque troué, j'avais mis des lunettes noires.

J'ai senti le regard du Clown se poser

sur moi alors que je n'étais plus qu'à quelques mètres d'eux. J'ai entendu le grand au regard froid marmonner : « Oh, cinéma ! » à mon intention. C'est vrai que tout habillé en noir, avec les rangers noires et les lunettes teintées, ça devait faire cake.

J'ai fait comme si je poursuivais mon chemin sans les calculer, mais j'ai quand même entendu Franky le Clown murmurer : « J'ai déjà vu ce type quelque part. »

A ce moment, la Méduse s'est extirpé de sa place en me regardant fixement. Je pouvais plus reculer, j'ai décidé de commencer par lui. J'avais pas le droit à l'erreur, comme dans les jeux vidéo quand il ne te reste plus qu'une seule vie. D'abord tirer sur la Méduse, la cible la plus lointaine. Ensuite déquiller le grand, quitte à l'achever ensuite. Et finir par le Clown, ma cible la plus proche.

Et tout ça sans laisser le temps à aucun des trois de dégainer leurs flingues. Parce que ces vermines devaient forcément être armées.

Un camion-citerne providentiel est sorti des minoteries. J'étais suffisamment éloigné d'eux pour laisser au camion la place de passer entre eux et moi. J'avais bien repéré la position des trois vermines. Caché de leurs regards, j'ai profité du passage du poids-lourd pour dégainer. J'ai dirigé mon flingue vers l'endroit où j'avais repéré la Méduse.

A peine celui-ci dégagé par l'arrière de

la citerne, j'ai tiré. J'ai bien vu un morceau d'épaule voler en l'air et la Méduse s'effondrer derrière la 306.

Le Clown, déstabilisé, a ouvert ses yeux comme des billes, pour les refermer aussitôt. Un drôle de tic incontrôlable. Il a sorti un Beretta de la poche de sa veste, en hurlant. Curieusement, il n'a pas pointé son flingue vers moi. Il a immédiatement tiré sur le grand au regard froid en gueulant : « C'était un piège, connard, connard ! » Le grand a fait un bond en arrière sous l'impact.

Ça m'a laissé le temps de viser. J'ai fait mouche du premier coup dans la tête. Le Clown s'est affalé par terre en même temps que le grand au regard clair touché au bide. Agitation dans la traviole, les petits Blacks sont ressortis aussitôt de chez eux en rigolant : « Y a filade, y a filade ! »

Je me suis tourné vers ce nuage d'insectes qui arrivait vers moi et j'ai tiré en l'air pour les impressionner. Ça ne les a pas impressionnés.

Ils en ont vu d'autres à la télé.

Par contre, c'est le plus petit d'entre eux qui m'a prévenu :

« M'sieur, m'sieur, derrière la voiture, m'sieur ! »

J'ai eu juste le temps de me retourner pour voir la Méduse le bras en charpie qui se relevait, pâle comme un linge, un petit revolver au bout de son dernier bras utilisable.

Le gamin m'a crié en rigolant : « Allez, finis-le, m'sieur ! »

La Méduse s'est effondré une nouvelle fois mais a pu se redresser, salopant de sang gluant la belle Audi blanche de la gravure de mode. J'ai fait un pas vers la Méduse. Il avait un mal fou à se tenir sur ses guiboles, appuyé à la carrosserie. J'ai repensé à ce que m'avait suggéré M. Antoine. J'ai enlevé mes lunettes pour que la Méduse voie bien ma détermination dans mes yeux, avant de crever.

Je ne sais pas s'il a bien vu ma détermination. Il a brandi son revolver dans un réflexe con. J'ai tiré deux fois coup sur coup, la Méduse s'est scotché contre le grillage rouillé de la minoterie.

Les petits Blacks ont applaudi. J'étais assez fier. Je me suis penché vers le grand au yeux clairs étalé sur le bitume, son costume sur mesure tout esquinté, qui respirait encore mais difficilement. J'ai essayé de croiser son regard, à lui aussi. Un autre des minots m'a lâché : « Laisse tomber, m'sieur ! Y va crever ! Finis-le lui aussi, qu'on rigole. »

J'ai quand même voulu savoir qui était ce type. Accroupi sur lui, je l'ai relevé par le col alors qu'il bavait de drôles de syllabes incompréhensibles. J'ai pointé mon canon sur sa tempe et je lui ai demandé qui il était.

Une sirène a tout gâché. Les deux tons de la bagnole de flics ont dispersé les petits Blacks en un temps record. Les

gamins sont partis en hurlant : « Y a eu
filade, y a eu filade ! »

La police déjà là ? C'était un peu fort !

J'ai bâclé.

Une partie de la boîte crânienne du
grand aux yeux clairs s'est répandue sous
son Audi. Le plus ennuyeux, c'est que j'ai
pas eu le temps de taguer mon V de la victoire. J'ai dû me casser à toute pompe, et
à pied, par la rue du portail. Il y a
encore eu deux coups de sirène deux tons
mais j'ai pas vu la suite. Je suis rentré
chez moi direct par Bellevue.

J'essaierai d'aller récupérer mon cyclo
ce soir. Avec la chance que j'ai, aussi
bien, un des minots me l'aura taxé.

C'est tellement un quartier de bandits !

FR FRS0243 G 0287FRA / AFP-CP88
Divers – Guerre des gangs
Un sanglant règlement de comptes décapite le milieu marseillais.

MARSEILLE, 26 sept. (AFP). Une tuerie d'une extrême violence a eu lieu dans le quartier Saint-Mauron (13e) en fin de matinée. Les forces de police arrivées rapidement sur place ont relevé les cadavres de François Di Giorgio, dit Franky le Clown, et de son rival Stéphane Baldini, dit la Méduse. L'altercation aurait pu avoir des conséquences beaucoup plus désastreuses, un groupe d'enfants jouant à proximité au moment des coups de feu.

Le procureur Echkénazi, spécialisé dans les affaires de grand banditisme, a également trouvé la mort dans la fusillade. Aucune explication n'a été donnée quant à sa présence sur les lieux du drame. Les corps ont été emmenés à fin d'autopsie.

tr/qa/lo
AFP 261123 SEP 97

Il dort comme un loir.

J'ai voulu aller raconter mon expédition de folie à mon sourd-muet.

Bernard est retourné sur le ventre. Je l'ai remué mais rien n'y a fait. Il a l'alcool grave, une vraie radasse. Il a pas bronché.

Redescendu à mon appartement, j'ai écouté la radio mais ils ne parlent pas encore de moi. Cela dit, comme j'ai pas signé cette fois, tant ils vont dire que c'est un duel entre vermines. Ou encore délirer sur leur groupuscule d'extrême droite. Et tant, pas un mot sur ma justice en marche.

Ce serait bien le comble. Tous ces risques pour rien.

Et si les petits Blacks racontent qui je suis ? Quoique, camouflé en noir, de là à me reconnaître. En attendant, je vais me concentrer sur ma prochaine cible : M. Antoine. Me focaliser, comme ils disent dans les revues de tir.

Cette vermine-là doit être éliminée aussi. Pour que je puisse repartir sur des bases saines. Ce soir, je lui fais son affaire. J'ai rechargé mon Springfield. La balle glissée dans le canon est pour lui.

Je devrais écrire à ma mère, mais j'attends demain. Je lui enverrai les articles des journaux de demain…

Zob, on sonne.
Si c'est M. Antoine, il est bon.
La journée est putain de prolixique !
De flamme.

— Patrice Martinez, vous êtes un âne !

Antoine Ronaldi affiche l'allure d'un vieux prof déçu par son élève. Il fait un pas dans l'appartement.

— Je peux entrer ?

Le vigile fait un signe d'impuissance de la main et le laisse pénétrer dans son antre. L'obèse arpente les lieux d'un pas lourd. Toujours le même appartement de célibataire endurci. La cuisine impeccable à gauche, la chambre rangée au cordeau à droite, le salon à tout faire en face, avec sa seule fenêtre, noircie par les vapeurs d'essence, donnant sur le soutènement de béton de la passerelle. Et dans le salon, toujours la collection de grenades de toutes les armées du monde, toujours les cassettes vidéo de films de karaté, toujours les disques de musiques de films rangés sur leur étagère, et toujours les mêmes affiches sur les murs. Cette fois, Bruce Lee côtoie un pêle-mêle constitué à partir des coupures de journaux récupérées depuis le début de la semaine et fraîchement encadrées.

— Patrice Martinez, vous aviez bien un cyclomoteur ?

— Pourquoi ? Ils me l'ont taxé, ces enculés ?

— Pas du tout. Je viens de passer au silo Storione, les flics étaient très intrigués par votre deux-roues abandonné.

Antoine Ronaldi se dirige vers la fenêtre pour regarder la circulation sur la passerelle en tirant un peu le double rideau terne. Il poursuit :

— Et les nègres ont fait un descriptif très précis de votre silhouette balourde.

Le vigile, toujours planté bouche bée dans son hall d'entrée, réagit enfin.

— Silhouette balourde toi-même ! Tu m'as gonflé, Antoine Ronaldi.

Patrice Martinez sort son pistolet qu'il braque d'un air décidé vers M. Antoine toujours adossé à la fenêtre.

— Tu es épaté, Ronaldi ? Tu vois, je sais comment tu t'appelles, vermine.

Martinez affiche un sourire triomphant.

— Tu es un flic, c'est ça ? Tu es un enculé de flic ! Je vais te crever, vermine.

— Patrice Martinez, si vous tirez, avec du .45 et de là où vous êtes, mon cadavre se retrouvera dans la rue…

— Fais pas le mariole, enculé. Tu t'es bien foutu de moi. Je t'ai fait le ménage gratos, c'est ça ? Pratique pour un dégonflé comme toi ! Tu es une lopette, le flic. C'est fini, les esclaves qui décapent les rues à ta place, Ronaldi.

— Si vous tirez sur moi, la détonation va réveiller le voisinage…

— Le voisinage, il est sourd et muet, Ronaldi. Y a pas de risque qu'il entende.

M. Antoine regarde vers les ouvriers affairés sur la chaussée fumante de la passerelle.

— Il n'y a en effet aucun risque qu'il entende. Il est mort, votre voisinage.

Une fois de plus, Patrice Martinez reste con. Ronaldi poursuit.

— Je suis monté chez votre voisin Bernard avant de sonner chez vous. Vous l'avez poignardé, c'est ça ?

— Pas du tout, c'est un accident !

L'inspecteur sourit :

— Il nettoyait son cran d'arrêt et le coup est parti tout seul ?

Le vigile devient vermillon et hurle :

— Vire-toi de devant la fenêtre, qu'au moins je puisse voir tes yeux, Ronaldi. Tu es trop à contre-jour pour que je voie tes yeux.

Patrice Martinez désigne une chaise où le gros Ronaldi vient se poser. Le vigile vient à son tour s'adosser à la fenêtre pour mieux voir sa prochaine victime dans la morne lumière qui décrasse la pièce.

— C'est toi qui m'as appris ça, Antoine Ronaldi. Regarder sa victime au fond des yeux avant de tirer pour qu'elle comprenne.

Le regard d'Antoine Ronaldi se met à briller curieusement. Le gros flic lâche :

— Et alors ? Vous comprenez quoi, Patrice Martinez ?

Le vigile se défait. Il hurle à nouveau, son pistolet tendu en direction de l'obèse assis dans son salon.

— C'est pas du jeu ! C'est moi qui te fais le coup du regard de braise. C'est moi l'exécuteur et toi la victime, Ronaldi. Pas le contraire.

— Vous en êtes bien sûr ?

Le vigile blanchit et bafouille.

— Je suis… Je suis…

— Vous êtes vraiment trop con, Patrice Martinez !

Antoine Ronaldi n'a pas tout à fait fini sa phrase lorsque la vitre vole en éclats. Le vigile stupéfait ne bouge pas d'un poil. Le Springfield toujours tendu vers Ronaldi, il regarde incrédule sa chemise déchirée à hauteur d'estomac et la tache rouge qui grossit sur son ventre. Il constate amèrement que le petit vase sur sa table vient d'être brisé par la balle folle en fin de trajectoire. Une deuxième vitre éclate derrière lui. Cette fois, le vigile touché plus haut dans le dos est propulsé sur sa table, la tête la première, les bras en croix.

Le mobilier du salon prend un sérieux coup de vieux. Ronaldi a tout juste le temps de s'écarter pour éviter le plateau de la table qui se brise sous le poids du justicier abattu.

Quelques bibelots roulent sur le lino. L'inspecteur se lève avec difficulté, enjambe le corps inerte de Patrice Martinez et se penche à la fenêtre dont les derniers morceaux de vitre cassés vont se briser sur le trottoir. Le gros fait un signe du pouce aux hommes du GIPN postés sur la passerelle, quelques mètres au-dessus de lui, déguisés en ouvriers spécialisés dans le revêtement routier. Les trois tireurs cagoulés rangent leurs fusils à lunette et font signe aux ouvriers habituels de revenir. Leur intervention est terminée. Tout le dispositif de surveillance mis en place en catastrophe il y a à peine dix minutes est remballé illico.

Ronaldi fait le tour de la pièce, ouvre les tiroirs, les placards, les armoires. Il entre dans la chambre. Une vieille machine à écrire à ruban trône sur un petit bureau en contre-plaqué coincé derrière la porte. Antoine Ronaldi récupère la feuille engagée sur le rouleau et la parcourt rapidement, puis la range dans un gros classeur rouge où un énorme paquet d'autres feuillets sont déjà rangés.

Tout le journal intime du vigile abattu. Méticuleux, ce vigile. Plus de deux ans de quotidien quotidien retranscrit jour après jour, systématiquement. Ronaldi ressort sur le palier alors qu'une cavalcade dans l'escalier déchaîne les deux molosses du rez-de-chaussée. La grosse s'éjecte de son appartement en beuglant après les nouveaux arrivants.

— Bande d'enculés, je vais appeler la police, moi !

Quatre hommes habillés de noir et cagoulés s'arrêtent pile au milieu de l'escalier et, sans un mot, pointent leurs automatiques sur la grosse qui se met à hurler de plus belle. Les deux bergers allemands font irruption alors que le survolté Fabien passe la porte de l'immeuble. Les monstres se précipitent sur lui en aboyant, les crocs dehors. Le tétanisé Fabien sort aussitôt son Sig Sauer et tire.

Trois balles de .9 mm Para suffisent pour stopper net les fauves dans leur élan. Les coups de feu font trembler les murs lézardés. Les hommes du GIPN n'ont pas bougé, toujours concentrés sur la grosse. Le déchaîné Fabien est déjà au milieu de l'escalier. Il enfile son brassard rouge fluo « police » en catastrophe alors qu'Antoine Ronaldi apparaît au premier, par-dessus la rampe.

— C'est bon ! C'est fini, ici.

La grosse se lamente sur ses chiens de garde transformés en descente de lit. Ronaldi poursuit :

— Si elle bouge, abattez cette truie. Elle nous aura suffisamment cassé les couilles.

Les quatre flics de choc braquent la grosse qui s'écroule aussitôt comme une loque entre ses clebs alors que son minuscule mari encore endormi apparaît, blafard. Dans la panique, le surexcité Fabien a déchiré son brassard réglementaire. Il le tient tant bien que mal avec une main, sous le regard consterné de son supérieur.

— Mon cher Fabien, vous devriez aller voir dans l'appartement du deuxième étage. Mais vous n'aurez pas besoin de votre signalétique…

Le maladroit Fabien enfouit son brassard dans une poche de sa veste tout en grimpant quelques marches. Ronaldi essuie son front avec un drôle de chiffon noir troué qu'il jette distraitement dans le hall d'entrée du vigile.

— Règlement de comptes sordide. Martinez a flingué son complice. Un autre cadavre vous attend à l'étage supérieur.

Le transpirant Fabien rengaine son Sig Sauer et monte en courant vers l'appartement du sourd-muet. Le capitaine de police judiciaire croise son lieutenant agité au milieu de l'escalier.

— Bon débarras. Je vous attends à la voiture, Fabien.

Son gros classeur rouge coincé sous le bras, Antoine Ronaldi redescend lourdement jusqu'au hall d'entrée de l'immeuble, slalomant entre les chiens crevés, les forces spéciales cagoulées et les locataires terrorisés.

Avachi dans la Renault 11 garée à l'ombre de la passerelle, Antoine Ronaldi pose son classeur rouge sur la plage avant. Un étrange sourire au coin des lèvres, il compose un numéro sur le téléphone de la voiture banalisée. Dix sonneries à l'autre bout. Personne. A la onzième, une voix agacée lui répond enfin. Le gros se présente :

— Capitaine de police Antoine Ronaldi à l'appareil ! Vous êtes bien Vanessa Morel ? Désolé de vous déranger, vous avez l'air essoufflée… Non ?… J'appelle de la part de votre époux pour dire qu'on est sur une affaire compliquée. Il ne rentrera pas de sitôt… On ne sait pas quand. Ce soir, tard… Et non, c'est pas top… Désolé, bonne journée, madame Morel.

Ronaldi raccroche, aux anges.

FR FRS0270 4 G 0232FRA / AFP-CP56
Divers – meurtre
Dénouement sanglant dans l'affaire du justicier masqué marseillais.

MARSEILLE, 26 sept. (AFP). Les hommes d'élite du GIPN ont donné l'assaut à l'appartement de Patrice Martinez vers midi. Ce vigile de 38 ans, licencié pour violences et voies de fait d'un centre commercial en fin de semaine dernière, était soupçonné depuis vingt-quatre heures par les enquêteurs de l'Evêché d'être le mystérieux justicier masqué qui signait ses méfaits en taguant un V à proximité de ses victimes. Le décès tragique du procureur Echkénazi en fin de matinée dans un règlement de comptes entre parrains du milieu marseillais semble avoir précipité les événements. Patrice Martinez a été abattu. Son complice a été retrouvé mort poignardé, sans doute une rixe qui a mal tourné entre les deux voyous.
axt/ljh/df
AFP 261222 SEP 97

— Vous vous entraînez souvent ?

— A quoi ?

— Au tir, Fabien ! Au tir.

La R11 passe devant la cahute en verre du policier de garde et s'engouffre dans le parking en sous-sol de l'Evêché.

— Je vais au stand du Logis Neuf toutes les semaines. Là où je suis costaud, c'est au tir instinctif. A peine je sens un danger, je dégaine, je tire et je touche.

— C'est top, Fabien !

— Pour les chiens, c'était utile…

Ronaldi gare la voiture de service sous un néon tremblotant et coupe le contact.

— Pas que pour les chiens, Fabien. C'est pratique d'avoir des réflexes rapides. Et votre arme, là ? C'est pas très réglementaire, ici, un Sig ?

— Je l'ai depuis mes trois ans passés à la mondaine, à Paris, chef. C'est impeccable, comme arme, pour le tir instinctif.

Suant à grosses gouttes et grimaçant de douleur, le lieutenant Morel se répand en compliments :

— Pour le vigile, vous m'avez épaté, chef ! Vous avez un sens de la déduction… Chapeau !

L'indisposé inspecteur ne tient pas en place. Il se trémousse sur le siège de la Renault, les jambes tordues.

— Vous m'avez l'air de souffrir le martyre, mon pauvre Fabien.

— Ça va aller, ça va aller…

— Ça doit être terrible de bander en permanence.

Le mortifié Fabien est gêné.

— C'est douloureux, surtout. Mais ça s'arrangera ce soir, en rentrant à la maison.

— Avec Vanessa ?

— Ben oui, avec Vanessa ! Qui vous voulez ? On est mariés depuis une semaine, on va pas commencer à se faire cocus.

— Moi, je disais ça… Vous n'avez qu'à rentrer chez vous maintenant, Fabien.

— Mais… Avec tous les rapports à taper et…

— Je m'en occupe, Fabien. Vous ne pouvez pas continuer à travailler dans votre état.

Le soulagé Fabien sort de la voiture avec un sourire rayonnant, une main plaquée contre sa braguette proéminente.

— Merci, chef !

— Mais essayez de ne plus m'appeler « chef ». Ça gonfle vraiment.

Ravi, le jeune inspecteur part d'un pas décidé mais boitillant vers le parvis de la cathédrale pour y récupérer sa Ford Fiesta. Antoine Ronaldi porte sa voix.

— Et montrez-lui qui est le maître à la maison !

Antoine Ronaldi n'est pas remonté à son bureau. Il est directement rentré chez lui, au 37 de la rue Hoche.

Après avoir péniblement gravi les trois étages dans cette cage d'escalier qui pue la Javel, il a sorti son trousseau de clefs en réalisant qu'au même moment, à l'autre bout de la ville, son adjoint devait faire le même geste. Ronaldi a franchi le seuil, imaginant ce crétin de Fabien tombant nez à nez avec la grosse Vanessa et son amant. Il a tout juste esquissé une moue satisfaite. L'inspecteur principal Antoine Ronaldi a lentement refermé la porte de son appartement.

Un authentique appartement de célibataire endurci : une cuisine impeccable à gauche, sa chambre rangée au cordeau à droite, le salon à tout faire en face, avec une seule fenêtre noircie par les vapeurs d'essence, donnant sur la passerelle en béton de l'autoroute nord.

Dans son salon, il est passé devant le petit meuble vitré contenant une assez complète collection de médailles militaires de la dernière guerre mondiale et l'impressionnante étagère croulant sous les livres consacrés aux grandes batailles du IIIᵉ Reich. Il a jeté un regard sur le dessus de sa commode où trônent une bonne cinquantaine de disques vinyles de musique teutonne : Wagner, Carl Orff, mais surtout l'édition complète des chants des différents corps de l'armée allemande. Son regard est allé se perdre sur le mur, sur un pêle-mêle fait à partir des coupures de journaux récupérées depuis le début de la semaine et fraîchement encadrées, accroché à côté de la reproduction de l'affiche « Je suis partout ».

Antoine Ronaldi a posé le gros classeur rouge sur la toile cirée de sa table. Il s'est affalé sur une petite chaise en pin, hypnotisé par le journal de bord dactylographié de Patrice Martinez.

Le jour commençait à décliner lorsqu'il l'a refermé. Antoine Ronaldi s'est lourdement relevé, courbaturé par trois heures de lecture immobile. Il est allé jusqu'à sa chambre, s'est arrêté sur cette photo fascinante accrochée au-dessus de son lit, puis a récupéré dans sa table de chevet un cahier à couverture verte et à petits carreaux. Il est retourné se poser dans son salon, pour compléter à son tour son journal intime.

Vendredi 26 septembre, cinq heures du soir.
Nous avons éliminé le vigile.
Un être inférieur.
Martinez. Ce Patrice Martinez avait peut-être du sang juif dans ses gènes, c'est sans doute pour ça qu'il a...

Antoine Ronaldi a émit un grognement agacé. Il a posé son stylo et détaché soigneusement la page à peine écrite de son petit cahier à spirale. Il a poussé cette feuille au bord de sa table et repris son Waterman d'écolier. L'obèse soufflait comme un bœuf, concentré sur sa prose, toujours aussi appliqué.

Vendredi 26 septembre, il est cinq heures de l'après-midi.
Je me suis débarrassé de Patrice Martinez. L'internationale juive va me... nous...

Ronaldi a juré. Déchirant cette nouvelle page tout juste entamée, il s'est mis à transpirer abondamment. Son écriture est alors devenue plus nerveuse.

26 septembre, nous sommes cinq heures de l'après-midi.
Nous nous sommes débarrassés de Patrice Martinez. Le lobi juif... le laubbi... lobbi...

Ronaldi a juré à nouveau.

Comme tous les soirs depuis vingt ans, il se retrouvait face à son journal intime, incapable d'aligner plus de trois mots cohérents, de formuler une phrase correcte. Il s'est plongé dans les notes de Patrice Martinez, a relu quelques lignes en haussant les épaules. Ronaldi a propulsé le journal de bord du justicier masqué à travers la pièce, fou de rage.

Jaloux.

Le classeur s'est disloqué. Quelques feuillets ont voleté jusqu'à la commode et se sont répandus sur le lino. Posant son stylo, il s'est péniblement relevé pour découvrir son image pitoyable dans le miroir accroché en face de lui.

Antoine Ronaldi a rentré le ventre et redressé la tête, le front haut, les yeux pointés d'abord vers une destinée glorieuse, puis plus modestement vers le miroir rivé au mur. On ne peut pas se contempler dans un miroir avec les yeux pointés vers une destinée glorieuse.

Il s'est contemplé longuement, dubitatif. La race supérieure, pourtant... D'un vigoureux coup d'index, il a repoussé son sextuple menton à l'intérieur de son cou flasque. La masse de chair molle est retombée aussitôt. Un insupportable doute s'installait. Il n'était pas exactement conforme avec l'image que lui renvoyaient ces documentaires sur les armées nazies défilant au pas de l'oie, fières, fortes. L'obèse a examiné son profil de bouteille Perrier dans la glace. Il a rentré le ventre un peu plus, pris une allure martiale. Son regard s'est alors posé sur la photo de couverture d'un livre posé sur sa commode. Mussolini aussi était un peu rond, un peu lourd. Rassuré, Ronaldi s'est rassis et a repris son stylo.

Nous devons être vigilants à ne pas employer de la race inférieure. Toute la juiverie, toute cette racaille maçonnique, cette peste que je...

Ronaldi a tressailli. Surexcité par son propos, il a senti son entrejambe se raidir un court instant. Il a marmonné : « salope de juive » et s'est remis à écrire, usant de caractères de plus en plus gros, de plus en plus désordonnés.

Les races inférieures ne peuvent comprendre que les exemples forts. L'abolition de la peine de mort a été la plus grande erreur de cette fin de siècle. C'est notre justice qui pourtant est la seule manière d'arrêter la gangrène des...

Une grosse goutte de sueur est tombée au milieu de la phrase, étalant l'encre des derniers mots griffonnés. Après avoir arraché une nouvelle feuille, Ronaldi a traversé le salon pour ramasser deux feuillets du journal de Martinez coincés dans son présentoir à disques 33 tours en fer forgé. L'obèse a scruté attentivement la prose du justicier masqué. Satisfait, il est revenu effondrer ses fesses molles sur la chaise en pin clair qui en a tremblé.

La vermine, comme l'écrivait ce Patrice Martinez.

Aujourd'hui, nous avons vu tomber deux chefs de la *racaille mafieuse*, *nous avons vu crever ce* *juif* *arriviste sans vergogne d'Echkénazi.*

Le vigile Patrice Martinez était assez adroit. Mais trop *dégénéré*.

Dire que j'ai dû mettre en route ma sirène pour…

Barrant nerveusement ce morceau de phrase, Ronaldi s'est repris aussitôt.

Dire que nous avons dû faire sonner la sirène deux tons pour que le *dégénéré* *songe à s'échapper du lieu de cette exécution. Et ces* *nègres* *! Une nuée de marmaille de* *nègres des taudis*, *s'amusant avec les poubelles.*

La gangrène.

La gangrène. Les *combinards*. *Les mafias. Que ce soit les mafias des* *francs-maçons*, *les mafias des* *juifs* *ou des revendeurs de drogue, les mafias des* *politiques* *racketteurs ou des* *nègres polygames* *vivant sur le dos des assurances maladie, les mafias des entrepreneurs corrompus ou des marchands du temple* *magouillards* *qui se gavent avec la complicité des médias…*

Antoine Ronaldi s'est mis à bander franchement. C'était la première fois depuis longtemps que l'inspiration lui venait. Il se sentait enfin en verve poétique. Pas le moment d'arrêter cet élan miraculeux. Le regard froid de Sandrine lui est furtivement revenu à l'esprit. La dernière phrase de la gamine a alors résonné dans son crâne : « Vous devriez essayer un autre registre. La haine, c'est pas un bon plan. Ça rend impuissant. »

Une main posée sur son sexe dur, l'obèse a grommelé à nouveau : « Youpins de merde… Personne n'a à me donner de leçon. » Antoine Ronaldi a tiré la langue, essayant tant bien que mal de suivre les lignes du cahier dans son agitation.

Notre jour de gloire viendra. Et peut-être plus vite que ce qu'on ne croit.
Ce jour-là, nous ser…

La sonnerie stridente de son vieux téléphone l'a arrêté net dans son élan. Il a tenté de finir sa phrase malgré le bruit :

Ce jour-là, nous…
Ce jour-là, je nous…

Enervé par son soudain manque de concentration autant que par cette interminable sonnerie, il a tracé en gros au milieu de la page, tordant définitivement la plume de son Waterman :

Mort aux juifs

Ronaldi a posé son stylo écrasé sur son cahier quadrillé. L'encre a commencé à se répandre sur les petits carreaux. Désemparé, il a observé comment ce flot noir envahissait inéluctablement la page blanche et commençait à goutter sur la toile cirée à motifs provençaux.

Abandonnant là sa marée noire incontrôlable, l'obèse s'est lentement remis d'aplomb sur ses jambes flasques et s'est rendu à pas lourds vers sa chambre pour décrocher le combiné.

Antoine Ronaldi a laissé parler son interlocuteur, le même bizarre sourire illuminant une fois de plus son visage. Il a regardé sa montre et s'est contenté de conclure :

— Je passerai au bureau d'ici ce soir. Merci du renseignement, Lebèque.

Ronaldi a raccroché. Il était enchanté. Il a contemplé une dernière fois l'agrandissement noir et blanc au-dessus de son lit. L'adipeux M. Antoine a dévisagé ces trois squelettes encore vivants, en pyjamas rayés sur leur charrette branlante, regardant fixement l'objectif de leur bourreau, en route vers un gibet artisanal, leur corde de piano autour du cou, accompagnés à l'échafaud par un orchestre de fortune composé d'autres détenus, dans le camp de concentration de Buchenwald.

L'obèse a marmonné : « Qu'ils crèvent tous ! »

Comme tous les soirs depuis vingt ans, il a refermé son journal intime à peine entamé qu'il a consciencieusement jeté dans la poubelle de sa cuisine avant de quitter son antre.

Et comme tous les soirs depuis vingt ans, Antoine Ronaldi s'est dirigé vers son immuable rendez-vous pantagruélique avec la salle déserte de la pizzeria *Chez Etienne*.

FR FRS0270 4 G 0232FRA / AFP-CP43
Divers – Crime passionnel
Un jeune officier de police tue sa femme et l'amant de celle-ci.

MARSEILLE, 26 sept. (AFP). Un fonctionnaire de la police judiciaire a abattu sa femme et l'amant de celle-ci avec son arme de service. Rentré plus tôt que prévu chez lui, ce jeune inspecteur a découvert sa jeune femme en galante compagnie. Il n'a pu le supporter et a immédiatement exécuté le couple illégitime. L'homme, apparemment sous l'emprise de médicaments excitants, s'est ensuite présenté spontanément au commissariat de son quartier pour se rendre. Il est actuellement entendu par ses confrères à l'Evêché.

axt/lp/da
AFP 261827 SEP 97

Préfecture de police, commissariat central.

Déposition de Fabien Morel.

Je suis inspecteur de police. Je travaille actuellement sur le dossier du justicier masqué, sous les ordres de l'inspecteur Ronaldi. Ce matin, nous avons effectué une opération de grande envergure pour neutraliser un suspect. Cette opération a été très éprouvante pour les nerfs. Mon récent mariage a été aussi très éprouvant pour les nerfs. Avec la permission de mon supérieur hiérarchique, je suis retourné chez moi en début d'après-midi. Je suis actuellement sous traitement médical pour des problèmes de faiblesse musculaire.

En entrant chez moi à l'improviste, j'ai découvert mon épouse dans notre salle de bains en compagnie de son collègue de bureau, Robert Silberstein.

Ils étaient nus. Il était accroupi derrière elle et elle criait. Je ne me rappelle pas exactement ce qui s'est passé. J'ai eu un réflexe automatique. J'ai dégainé mon arme de service et n'ai pu m'empêcher de tirer. Les deux corps déjà enchevêtrés se sont effondrés dans la baignoire. Je n'ai tiré qu'une fois sur Silberstein mais la balle a dû le transpercer. Mon arme de service est un Sig Sauer en calibre .9 mm para. J'ai conservé cette arme par dérogation des services centraux.

Je pense qu'il s'est passé assez peu de temps avant que je n'appelle la police. Je ne me souviens pas de grand-chose de plus pour l'instant. Je suis fatigué. J'aimerais dormir maintenant. Je regrette mon geste. Mais j'ai pas fait exprès. C'était un mauvais réflexe.

Le dossier n'a pas résisté.

Trop de pression. Trop lourd.

Antoine Ronaldi s'est même dit qu'il n'aurait pas dû reprendre cette troisième pizza aux anchois. Il n'a pas envisagé un instant le deuxième chocolat liégeois comme cause possible de l'incident.

Comme tous les soirs, l'obèse s'est arrêté à la pizzeria. Comme tous les soirs, il s'est gavé. Peut-être plus ce soir, à cause de l'excitation de cette journée riche en événements satisfaisants. Antoine Ronaldi a même dit merci en sortant du restaurant. Exceptionnel, Etienne l'a fait remarquer à son pizzaïolo. Depuis deux ans, Antoine n'avait jamais dit « au revoir » en partant.

Ronaldi est arrivé dans les locaux de l'Evêché vers dix-neuf heures trente. Il a tout juste salué ses collègues de garde à l'entrée. Il a grimpé avec peine les trois étages jusqu'à son bureau et s'est mis à faire du ménage. La première des choses a été de décrocher cette insupportable photo de mariage au-dessus du bureau de son adjoint. Il a rangé dans une chemise cartonnée toutes les références à cet insupportable mariage : factures de la salle pour noces et banquets *Le Moulin bleu*, photos floues, photos moins floues, petits mots tendres de Vanessa, listes de cadeaux de mariage à aller retirer, bout de voile sale esquinté par l'essuie-glace de sa Ford Fiesta, vieilles dragées à finir.

Puis, Antoine Ronaldi est allé se répandre derrière son bureau, heureux. Il s'est laissé aller à faire basculer son fauteuil vers l'arrière, pour caler sa tête contre la vitre, à son habitude.

C'est là que le dossier a craqué.

Les ressorts ont fait un bruit inhabituel, sinistre. Antoine

Ronaldi n'a pas eu la force de se rétablir. Dans un craquement sec, le fauteuil de bureau s'est disloqué. Coincé par ses hanches grasses bloquées entre les deux accoudoirs, Antoine Ronaldi est parti à la renverse.

L'arrière de son crâne a violemment frappé contre la vitre qui a éclaté. Pas en mille fragments comme un parebrise, mais en quelques pans de verre triangulaires et meurtriers, qui se sont répandus sur la chaussée trois étages plus bas, deux morceaux allant rebondir sur la cahute du gardien en faction à l'entrée du parking, pile en dessous.

Immobilisé par son poids, la nuque calée sur des tessons dépassant du chambranle de la fenêtre, Antoine Ronaldi a eu tout le loisir de voir la moitié supérieure de la vitre cassée se détacher de ses montants et tomber vers lui comme un couperet de guillotine.

Antoine Ronaldi n'a même pas fait le rapprochement avec les pages entières remplies dans ses petits cahiers sur le rétablissement indispensable de la peine de mort. Il a senti un souffle froid sur sa gorge et a essayé de crier. Aucun son n'est sorti. Le triple menton n'a rien amorti.

Antoine Ronaldi a eu le temps de voir s'éloigner la fenêtre brisée de son bureau, puis d'admirer la cathédrale de la Major, mais à l'envers. Le toit de la guérite du gardien s'est approché de lui à toute vitesse. Sa vision a commencé à s'estomper avec le choc de son front sur le toit de la cahute.

Le gardien de faction a vu la tête flasque de l'inspecteur Ronaldi rebondir sur la chaussée devant lui et traverser la rue en roulant pour aller se caler dans le caniveau d'en face, comme un ballon de foot mal gonflé perdu par des gamins. Les paupières de l'obèse Antoine ont cligné une seule fois.

La dernière pensée d'Antoine Ronaldi a été pour cette

Sandrine Aslan, cette gamine qui lui suggérait pas plus tard qu'avant-hier d'essayer autre chose que la haine.

C'est trop lourd, la haine.

Ça peut nuire gravement à la santé et provoquer des accidents cons.

Anyway ! Trop cons.

Trop tard.

Achevé d'imprimer en août 1999
sur les presses de l'imprimerie Cox & Wyman Ltd
(Angleterre)

FLEUVE NOIR – 12, avenue d'Italie
75627 PARIS – CEDEX 13
Tél. 01 44 16 05 00

Dépôt légal : septembre 1999
Imprimé en Angleterre